魔豆

魔豆

天罪——著

明明是魔族的我，為什麼變成了拯救人界的英雄？ vol.5 完

目錄

Prologue 007
01・開拓小隊工作中 013
02・反攻的聖劍 067
03・號角吹響 129
04・聖女誕生 195
Epilogue 241
後記／天罪 266

克拉蒂 精靈 人
克勞德 牛頭人 魔
智骨 骷髏 魔

拯救人界的英雄？

CHARACTERS

Prologue

在實力至上主義的魔界權力結構中，魔王乃是理所當然位於金字塔頂端的統治者，在那之下，則是被稱爲魔界七大公的強者。

七宙寶樹、霸龍、蜘蛛、狩魂、絕望、塵晶、皇蛇，這七位魔族便是目前實力僅次於魔王的存在。或許有一些實力不遜於他們的強者隱藏於暗處，但既然對方不願露面爭權奪利，那麼至少在檯面上，這七名魔界大公就是魔界最高端戰力的標誌性人物。

七名魔界大公各有所長，但若純粹談論戰鬥力，最強者自然是霸龍大公無疑。除此之外，霸龍大公也是貴族資歷最久的魔族之一，僅次於七宙寶樹大公，被視爲下任魔王最有力的角逐者。

如今，這位霸龍大公正趴在正義之怒要塞司令部會議室的桌子上，大口吃著堆積如山、熱氣騰騰的炸肉排。要塞司令官與四大軍團長則是坐在椅子上，無言地看著對方享用美食。

據說霸龍大公的本體全長超過五百公尺，雙翼足以遮日蔽月，然而此時的霸龍大公體型長度僅有一公尺，看起來就像惹人憐愛的有翼生物，與傳聞中的外形完全不一樣。

喂，這就是那個吧？魔龍一族獨有的變化術——龍之幻夢？

沒錯。不但能自由變化大小，連種族與性別也可以任意變化。明明就是戰鬥種族，卻擁有這種陰險的獨門祕術，魔龍果然是奇怪的種族。

閉嘴！黑殼蟲！竟敢當著我的面講這種話，宰了你喔！

重點不是那個。這傢伙為什麼會出現在這裡？為什麼我們事前完全沒收到通知？

難道是突襲檢查？

要塞司令官與四大軍團長以眼神互相交流，自從上次的觀察團事件後，他們便在不知不覺間掌握了這門奇特技術。

就在猜疑與臆測的混濁氣氛中，霸龍大公吃光了面前的美食，意猶未盡地舔了舔嘴。

「好吃，再來一盤。」

「你到底是來幹嘛的，爸爸！」

黑穹忍不住拍桌大吼。由於經過魔法加固，因此會議室桌子漂亮地承受住了這一擊，然而與桌腳相接的地板卻出現了龜裂，雷歐見狀發出了「下次地板也要強化」的呢喃。

霸龍大公轉頭看著黑穹，因為體型縮小，原本充滿威嚴的雙眼變得又大又圓，看起來非常可愛。

「這還用問？當然是來探望我心愛的寶貝女兒。」

「既然是探望我，就不要擅自把我的點心吃掉！」

「哦哦，不愧是我的女兒，竟然可以弄到這麼好吃的東西，我在魔界從沒嚐過如此美味的食物。再來一份。」

「沒有了啦！那是我花了兩小時飛去敵陣買的炸肉排！老字號名店『火熱屋』的限量商品！七天才賣一次！我原本很期待的說！」

「什、什麼？竟是如此難得的珍品嗎？」

霸龍大公一臉錯愕地看著黑穹，接著雙眼突然流下淚水。

「爸爸太感動了，竟然特地把這麼寶貴的東西留給爸爸吃，這份孝心真是……」

「才不是特地留給你的！那是我要吃的！是我！是我！」

黑穹憤怒地猛拍桌子，地板的龜裂痕跡也變得越來越大，一旁的雷歐只好用魔法加固地板，免得會議室被打穿。

「你到底是來幹嘛的？有事快說，我們很忙，沒空陪你在這裡浪費時間。」

桑迪用不耐煩的口氣說道，霸龍大公瞪了他一眼。

「你就是這樣對上級說話的嗎？桑迪中將。」

「那可眞是失禮了，霸穹上將。」

兩人都刻意在軍階上加重語氣，代表的意義卻大不相同。

魔界軍的軍階分爲「實階」與「虛階」兩種，前者能夠眞正統率軍隊打仗，後者則是單純的名譽職銜。如果遇到特殊情況，虛階也可以暫時轉換成實階，但事後還是會轉換回去。

最好的例子就是如今的要塞司令官雷歐，他雖是魔王之子，但資歷與實力都不如四大軍團長。然而由於人界反攻作戰需要一個名義上的最高指揮官，所以才會授予雷歐上將虛階，並臨時轉換爲實階。等到戰爭結束，雷歐的上將實階就會恢復爲虛階，如果表現不佳，甚至連虛階也會被取消。

霸龍大公是在提醒桑迪，自己怎麼說也是名義上的上級，講話好歹客氣一點。桑迪

則是在提醒霸龍大公，名義上就是名義上，老子不吃你這一套。

「……哼，我也是很忙的。既然會來，當然是因爲有一些重要的事情要處理。」

「什麼事情？」

「看女兒。」

「滾回去！」

黑穹立刻吼道，同時猛力拍桌。哪怕經過魔法加固，桌子還是被她打出了裂痕。

「還有，我要親眼確認情報眞僞——就是關於你們上次送回魔界，『人界軍可能大舉進攻』的消息。」

霸龍大公總算提到正事，讓準備趕人的黑穹動作一僵。桑迪聽了隨即發出輕笑。

「明明派人過來看一眼就可以解決的事，竟然還要勞駕你親自出馬？」

「畢竟事關重大。我軍已有一半被拖在這邊了，我可不希望連另一半也要調過來。」

「呵呵，這就要看你們這些坐在大後方的傢伙了。就算局勢惡化到要七大公上場打仗，那也是你們自找的。」

桑迪的聲音充滿了諷刺的味道。他所指的，正是萬魔殿到現在竟然還沒決定戰略目標一事。

正確的戰略才能帶來理想的結果，然而第二次兩界大戰爆發至今已經超過一年，萬魔殿內部卻遲遲沒有取得共識，令魔界軍無法制定行動方針，平白浪費了大量的時間與資源。

「我知道。我當然知道。所以我才要來，親眼確認情況到底變成什麼樣子了——蜘蛛大概也是這麼想的。」

桑迪發出「嗯？」的一聲，其他人也做出相同反應。

霸龍大公嘆了一口氣，然後扔出令在場眾魔忍不住倒吸一口冷氣的消息。

「蜘蛛大公突然失蹤，我猜他跑來這裡了。」

01. 開拓小隊工作中

走在大街上，舉目望去盡是人影。

人類、精靈、侏儒、矮人、獸人，五大種族的身影皆無缺席。有人悠閒漫步，也有人匆忙走動；有人滿面笑容，也有人臉色愁苦；有人穿著華貴，也有人衣衫襤褸。牛馬的嘶鳴聲、攤販的叫賣聲、行人的談話聲……各式各樣的聲音融合成充滿活力的大合唱。

「……人好多啊。」

看著眼前的喧鬧景色，克拉蒂像是被震懾住一樣地低聲說道。

「是的。畢竟又來了三萬人。」

一旁的莫拉用冷靜的聲音回答自己的護衛對象。

三萬人——這正是復仇之劍要塞本月新增的人口總數，由於只是粗略估計，才會出現這麼漂亮的數字。即使如此，這仍是個無法輕忽的數量，尤其是它背後所代表的意義。

正常狀況下，大規模人口移動往往只會在兩種情境下出現，那就是「逃難」與「戰爭」，但從四周氛圍判斷，理由顯然不是前者。

從上月起，來自五大國的軍隊陸續抵達復仇之劍要塞。與軍隊一起出現的，還有大批商人、傭兵、隨軍人員與投機者，使這座前線基地一時竟出現媲美大國城市的繁榮盛況。

當然，並非所有人都對這三萬人的到來感到高興——至少復仇之劍軍事委員會不會。這些新來的軍隊屬於獨立部隊，不受軍事委員會指揮。除此之外，許多大貴族也來到了復仇之劍要塞，他們理所當然地不肯接受軍事委員會的管理。

說難聽點，就是復仇之劍要塞裡突然多了一群不受控制，也無法控制的傢伙。這些人的出現令五名軍事委員頭痛不已，不是忙著處理外來軍隊引發的麻煩，就是忙著跟那些氣勢凌人的大貴族打交道，每天都過得心力交瘁。

就連一向以從容姿態示人的克莉絲蒂，這陣子也異常忙碌，克拉蒂已經很久沒跟姊姊一起喝下午茶了。

「走吧，去瘋馬酒館。」

回過神來的克拉蒂說道，莫拉聞言皺了一下眉頭，但最後還是什麼也沒說。

因爲上次的兵變事件，克拉蒂被克莉絲蒂嚴令不准隨便外出，等到風波平息了才能出門。被禁足整整一星期的她，此時鐵定聽不進任何勸誡，所以莫拉決定不白費口舌。

奮力穿過比平時擁擠數倍的街道後，兩人總算抵達瘋馬酒館，結果卻被告知裡面已經客滿。

「客滿？現在？下午三點？」

克拉蒂錯愕地反問門口的侍者，對方一臉歉意地點了點頭。

「是的。大概上午十點過後，我們就已經沒有位子了。這陣子一直是這樣。」

「……新面孔很多？」

「是的，都是新面孔。出手雖然大方，但也很愛鬧事，眞令人頭痛。」

侍者一邊苦笑一邊抱怨。

瘋馬酒館之所以會是復仇之劍要塞最好的酒館，是因爲它的背後站著阿提莫與波魯多這兩位軍事委員。但新來的貴族與士兵不受軍事委員會節制，行事自然無所忌憚。

「看來你也很辛苦啊。」

「承蒙關心。我們自然也有應對的方法，不過都是一些上不了檯面的小伎倆，就不說出來玷污您的耳朵了。很抱歉沒辦法幫上您的忙。」

「嘛，客滿了也沒辦法，那就——」

就在克拉蒂準備離開時，她的視野突然映出了一道拚命揮手的矮小身影。

「雪音！雪音！這裡這裡！」

酒館裡，一名侏儒女子正一邊喊著克拉蒂的假名，一邊朝她揮手。克拉蒂用了兩秒鐘從記憶的抽屜裡翻出關於此人的情報，這名侏儒女子的暱稱是愛加，隸屬於一支名叫「煌雷疾風」的十二人傭兵團。

「煌雷疾風」的團長是一名人類男性，曾不只一次邀請克拉蒂加入他們。雖然那位團長明面上是看中克拉蒂的實力，但克拉蒂懷疑對方心懷不軌，話雖如此，她與「煌雷疾風」的團員們——主要是女性——一直保持著良好關係。

克拉蒂的視線迅速掃了一遍，在確認「煌雷疾風」的團長不在場後，她詢問侍者是否可以進去。侍者笑著回答：「如果對方願意與您併桌，自然可以。」

「煌雷疾風」的女性共有四人，此時全都坐在這一桌，除了侏儒愛加，還有兩名人類與一名獸人。在容姿方面，克拉蒂徹底輾壓她們，也難怪那名團長會對克拉蒂有興趣了。

克拉蒂走過去與她們打招呼，對方也熱情地回應了她，接著這群女生就像是快樂的小鳥般嘰嘰喳喳地交談起來。莫拉因爲沒事做，只好坐在椅子上觀察四周。

不管多麼高級，莫拉始終不習慣酒館這種地方。或許是因爲離開孤兒院後就直接從軍的關係，他一直不喜歡缺乏紀律與秩序的場所。如果不是職責所在，必須貼身保護克

拉蒂，他肯定不會踏進此地一步。

觀察了一會兒，莫拉發現瘋馬酒館裡的強者數量有了明顯的增長。身爲復仇之劍要塞最高級的酒館，瘋馬酒館的客人等級與要塞的最高傭兵水準幾乎可以畫上等號。無獨有偶地，克拉蒂她們也聊到了這個話題。

「什麼！已經有烈級傭兵團進入復仇之劍了？眞的假的？」

「當然是眞的，而且不只一支，是三支！三支喲！」

「『災厄獠牙』、『賢者之書』、『血紅玫瑰』，雖然只是烈銅級，可是已經夠嚇人了。」

「喂，什麼叫只是烈銅級？我們也只是輝銅級而已吧。」

「這就要怪我們團長了，如果他爭氣一點，我們的位階肯定不只現在這樣。」

「哎呀，這有什麼辦法？提升實力這種事，又不是嘴巴說說就能辦到的。」

傭兵團的位階取決於兩個因素，一個是團內最強者的實力，一個是能否定期完成相對應難度的工作。如果一支傭兵團擁有烈級強者，卻只接受輝級難度的工作，那麼這支傭兵團就只有輝級；相對地，就算能夠完成烈級難度的工作，但沒有烈級強者，這支傭兵團也一樣是輝級。

「煌雷疾風」的團長是輝銅級傭兵，其他團員雖然只有閃金或閃銀級實力，但依靠團隊合作，就算是輝銀級難度的工作他們也有把握完成，因此才會有上面那番對話。

「聽說這次甚至連烈金級的傭兵團也會來哦。」

「啊啊，這個我也有聽說，只是不知道來的會是誰。」

「不可能不可能，烈金可不是隨便什麼人都能爬上去的等級，一個國家最多也就一支吧，眞要過來，一定會鬧得人盡皆知。」

「眞可惜，我本來還以爲可以親眼見識一下頂尖人士的風采呢。」

「一點也不可惜，要是烈金級傭兵團眞的來了，我們還有好工作接嗎？」

「哎，外來的傢伙越強，我們本地人的日子越難過。看看這間酒館就知道啦。」

瘋馬酒館裡的客人有半數是外地來的新面孔，這是因爲舊人的工作被搶走了，導致他們沒有餘力來此消費。

值得一提的是，已經有許多傭兵團將復仇之劍要塞視爲駐地，或是有意將駐地遷移過來，所以開始以本地人自居了。這些人大多接受過軍事委員會發布的建設委託，親眼

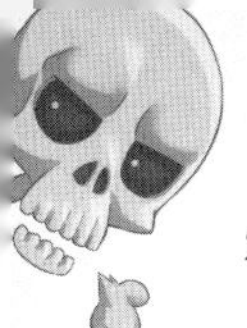

見證和參與了這座要塞從無到有的過程，因此萌生了認同感。

「不過最讓人不爽的還是那些外地人的態度。自以爲了不起，每個人都用鼻孔看人。」

「沒錯，那些外地人的嘴臉有夠噁心的，一副『我們來幫忙的，所以你們要感激』的模樣。狗屎，明明就是爲了錢才來，眞要幫忙，之前爲什麼不來？」

「復仇之劍最辛苦的那段時間，是我們這些人努力撐過去的，當時他們在哪裡？現在看到有好處就跑過來搶，一群卑鄙小人！」

同桌的女性們開始痛罵那些外來的高階傭兵團太過勢利眼，就連克拉蒂也是如此。雖然莫拉覺得這番批評有些強辭奪理，對方的傲慢基礎應該源於實力而非人品，但他明智地選擇了保持沉默。

「要是朋友願意出面就好了，這樣外地人也不敢太囂張。」

其中一人突然說道，克拉蒂與莫拉聞言表情頓時一僵。

「對呀，如果是朋友，應該可以跟那些烈級傭兵對抗。」

「那當然，人家破空劍可是能從十二級魔法師手中搶人的高手，肯定是烈級沒錯。」

「而且破空劍還不是朋友裡面最強的，據他的說法，他們隊伍裡最強的人其實是魔法師。我猜那位水晶八成是十三級魔法師。」

「不可能吧？她看起來才十二、三歲而已。」

「難說哦，我聽說有些高階魔法師懂得延長壽命的祕法，而且不是還有變形術嗎？」

「我喜歡神弓。之前看過本人了，眞的很帥，完全符合我的喜好。」

「我喜歡四聖印。那副病弱的樣子眞讓人心疼。」

「欸——妳的喜好眞奇怪。男人還是應該要像爆音那樣，有點肌肉比較好。」

「我也喜歡肌肉，可是吹小喇叭的男人，那個，我有點……」

「小喇叭又怎麼了？不是很特別嗎？」

提到評論男人，「煌雷疾風」的女性們立刻情緒高漲。至於她們口中的「朋友」，則是最近在復仇之劍要塞裡掀起話題的冒險者隊伍，雖然名字怪了一點，但世上不乏名字比他們更怪的隊伍，所以算不上缺陷。

「朋友」中名氣最響亮的，莫過於在之前的要塞內亂中，僅憑一己之力就從疑似十二級魔法師手中把魔族俘虜搶回來的破空劍了。甚至有人認爲他的實力已經超越獸人

劍聖，乃是最強的人類戰士。

破空劍這個名號並非本人自稱，而是其他人送給他的稱號。當初此人貫穿天空的那一擊，給人的印象太過深刻了。

不只破空劍，水晶、神弓、四聖印、爆音，這些都不是本名，而是稱號。「朋友」一直沒有對外透露他們隊伍成員的名字，這點雖然奇怪，但世上多的是特立獨行的強者，所以這也不算什麼缺陷。

「克拉蒂，妳怎麼了？」

愛加發現克拉蒂臉色不太自然，於是開口問道。

「不，沒有……只是妳們……也知道『朋友』？」

「嗯？當然啊，怎麼可能有人不知道他們？他們可是復仇之劍的驕傲呢。」

「不過這麼強的隊伍，以前爲什麼一直默默無名呢？」

「聽說他們以前都是獨行者，是來到復仇之劍後才互相認識，最後決定組成隊伍。因爲每個人都有一段沉重的過去，所以決定拋棄名字。」

「神祕的美男子集團……可惡，我對這種的最沒辦法了。」

眾人妳一言我一語地說道，從她們的口氣，可以聽出「朋友」在復仇之劍要塞似乎人氣極高。

克拉蒂困惑地轉頭看向莫拉，發現對方也是一臉茫然。

「……怎麼會這樣？」

在高級旅店「星辰之燈」的六樓房間裡，同樣有一個臉色茫然的男人。

男人的名字是智骨，身爲魔族的他，如今正以「破空劍」這個響亮的稱號聞名於人界軍的前線基地。

由於人化項鍊的力量，即使原形是骷髏，智骨還是可以用表情呈現出內心情緒。不死生物的感情一向淡薄，但並非完全沒有，哪怕只是零與一之間的差距，但存在就是存在。

令智骨茫然的原因，在於茶几上的一封信。

嚴格說來，那其實是一封邀請函。內容大意是復仇之劍要塞明天有一場聚會，希望智骨等人蒞臨，寄信人則是大名鼎鼎的獸人劍聖，同時也是復仇之劍要塞軍事委員之一的豪閃．烈風。

「……我們在等的明明是克莉絲蒂・星葉，爲什麼卻是豪閃・烈風寄信過來？」

智骨的視線從信件移動到同伴身上，克勞德等人同時搖頭，表示他們也不清楚原因。

智骨等人的任務乃是攻略克莉絲蒂，藉此從對方身上套出有價值的軍事情報。

自從上次以華麗的姿態登場，並上演一場漂亮的英雄救美戲碼後，智骨等人便一直尋找能在克莉絲蒂面前再次亮相的時機。無奈在那之後，克莉絲蒂一直深居簡出，每天不是前往軍營視察就是待在司令部，智骨等人根本沒有接觸她的機會。

兵變事件後，克莉絲蒂的護衛人數比以前增加了好幾倍，出行路線也會事先清場，要是雙方在這種情況下還能「偶然巧遇」，那簡直就是把人當白痴耍。

就在智骨苦思接下來該怎麼辦時，軍事委員會突然寄來了信，令他以爲機會終於來了，沒想到寄信者卻是全然無關的獸人劍聖。

「……雖然很不想承認，但我們的作戰恐怕失敗了。」

「還好黑穹大人不在，不然我們死定了。」

「魔神在上，幸好黑穹大人有緊急任務啡。」

克勞德、金風與菲利表情沉重地接口說道。

先前黑穹說臨時有個緊急任務要處理，於是返回正義之怒要塞，將這裡的指揮權交給了智骨。

如果黑穹回來之後發現作戰失敗，智骨等人鐵定會被暴怒的上司痛揍一頓，輕則住院數月，重則當場慘死吧。只能說魔神庇佑，這個緊急任務來得正是時候。

死亡的繩套已經纏上了智骨等人的脖子，但距離完全收緊還有一段時間，他們如今要做的就是想出替代方案，好逃離被絞死的命運。

一提到動腦，克勞德、金風與菲利便把目光投向身爲不死生物的同僚，眼中閃耀著信賴的光芒。

「智骨，一切就交給你了。」

「是時候展現天才不死生物的實力了。」

「請不要辜負我們的信賴啡。」

「別把話說得那麼簡單！你們以爲現在是什麼情況啊？」

面對企圖甩脫責任的同僚，就算是情緒淡薄的不死生物也忍不住暴怒了。

「不，那個，我知道這很難，可是我眞的不擅長這個……該怎麼說呢，創造……

對，我不擅長創造東西，想點子這種事，對我來說太難了。」

「整天都在創造詩歌跟樂譜的傢伙，沒資格說這種話。」

「智骨……你也知道，我是個不太會講話、手腳笨拙、反應遲鈍的魔族。唯一的優點就只有長得帥而已。除了臉以外什麼都不行的我，如今只能依靠你了！拜託，請讓我依靠吧！」

「能夠理直氣壯地說出這種無恥台詞，你的優點肯定不只有臉而已。」

「咳！咳咳！智……智骨……其實我……咳！咳咳咳咳咳！」

「夠了，你想說什麼大家都知道，別再咳了。」

逐一吐槽完同僚們不負責任的言論後，智骨陷入了沉思。

不管再怎麼艱難與不甘願，眼前的困境還是得想辦法解決。不只是爲了不讓個人履歷抹上污點，更是爲了自己的小命。智骨重新審視自己擁有的手牌，思考該怎麼樣才能扭轉眼前的不利局面。

「……克莉絲蒂的路線恐怕行不通了，只能想辦法讓甜蜜拉拉重新登場。」

在思考迷宮徘徊許久後，智骨臉色凝重地做出結論。克勞德等人訝異地瞪了雙眼。

「你不是說甜蜜拉拉被通緝，根本不能露面嗎？」

「我倒是覺得克莉絲蒂那邊還可以再努力一下。目前我們只是找不到跟她接觸的機會而已，這條路線不算絕望吧。」

「等等，智骨這麼說肯定有他的理由啡。先聽他怎麼說啡。」

「理由有兩個。」

面對困惑的同僚，智骨舉起右手，伸出了食指與中指。

「首先，我們一開始就搞錯了。桑迪大人交給我們的攻略寶典，終歸是『針對男性』的祕密武器，而克莉絲蒂是女性，將攻略寶典的計策用在她身上，效果自然大打折扣。金風，我知道你擅長與異性交流，但你以前交往的對象全是魔族吧？你覺得那些經驗與技巧，對人界的精靈真的有用嗎？」

「唔……這個嘛……」

被智骨這麼一問，金風的表情變得有些不自信了。

「……老實說，的確有點抓不住感覺……該怎麼形容呢……就像抓河裡的魚一樣，明明確定只要伸手就可以撈上來，可是最後總會被溜走。」

金風的比喻淺顯易懂。水會折射光線，所以從水面上看到的魚，其位置與水面下的魚必定有所差距。魔界與人界女性的差異便是那層水，如果沒有徹底理解水的奧祕，再怎麼抓魚也是白費力氣。

就連金風都會這樣，其他人自然更不用提，想在這種情況下成功攻略克莉絲蒂，難度不亞於挑戰如何挨盛怒的黑穹一拳而不死、如何讓桑迪坐在辦公桌前工作、如何在白天將夏蘭朵從棺材裡挖出來、如何說服無心不再製造分身一樣。

「第二點，我這陣子重新研究了桑迪大人的攻略寶典，發現甜蜜拉拉的立場仍有挽回的機會。」

智骨翻開攻略寶典，將其中一頁攤在眾人面前。

「這是什麼？『戀愛要素轉換假說』？『讓對方習慣妳的存在』？」

「呃……『經常出現在對方面前』……『不擇手段加深印象』……」

「啡啡啡？」

克勞德三人困惑地抬頭看著智骨，於是後者開始解釋。

「比起陌生人，我們不是更容易相信熟人嗎？其實我們根本不知道對方是怎麼樣的人，只因爲經常見到，所以就覺得自己認識對方，進而付出信賴……不只是魔族，就連人類也會出現這樣的心理錯覺。我打算利用這個方法，挽回甜蜜拉拉的形象。」

「……唔，我明白你的意思了。」

克勞德一邊捏著下巴，一邊點頭說道。

「你打算讓甜蜜拉拉頻繁出現在攻略對象面前，時間一久，攻略對象就會懷疑通緝令的說法，覺得甜蜜拉拉其實不是壞人。是這樣嗎？」

「不，那麼做反而更容易讓人起疑。我想試試看另一種方式，那就是——」

智骨將他的想法說了出來，克勞德等人聽完後不禁面面相覷。

「……這樣會有用啡？」

「不，說不定哦，只要每天一直聽，就算是三流歌謠，不久之後也會不自覺地哼上兩句，就是這個道理。」

「嘛，這樣我們也比較省事。試試看也無妨。」

就這樣，智骨等人總算擬定好接下來的計畫。至於結果究竟是好是壞，恐怕只有天知道。

「對了，那這個怎麼辦？要去嗎？」

克勞德拿起茶几上的邀請函晃了晃，智骨低頭想了一下。

「……去看看吧。不管怎麼樣，對方畢竟是軍事委員，或許可以得到有用的情報，而且克莉絲蒂說不定也會來。」

「不是說要放棄她嗎？」

「只要有死灰復燃的可能性，就算只有千分之一也必須牢牢把握……老實說吧，我們沒有選擇的資格。」

「……說的對，就算明知會失敗也必須去做，否則下場會變得更慘。」

「所謂的受薪階級，立場就是這麼無奈。」

「那些只會出一張嘴的混蛋上級，統統去死啡！」

無法保證報酬的勞動、不一定有回報的努力、與付出不成正比的收穫，這就是階級組織基層人員必須面對的嚴苛現實。

一想到自己或許是在進行無用的掙扎，眾人的心情不禁沮喪起來。

💀💀💀

豪閃舉辦的聚會，地點位於一家名爲「北風」的酒館。

與瘋馬酒館相比，北風不論裝潢、酒水或服務都遜色許多。像豪閃這樣的人物，理應不會選擇這種等級的地方，那就像在對外釋放一種信號，宣告自己的權勢已經大不如前。

然而受邀者們並沒有對此有怨言或心生輕視，這是因爲他們知道豪閃不得不如此。

如今的瘋馬酒館出現了大批外來者，他們不受軍事委員會管轄，自然也不會賣豪閃的面子。如果豪閃強行包下瘋馬酒館，那些外來者很可能會破壞聚會。這世上哪裡都不缺愛出風頭或渴望揚名的傢伙，「挑釁劍聖」可是一份足以令他們誇耀終生的成就，要是讓這些笨蛋找到藉口打擾了聚會，對豪閃來說反而得不償失。

智骨等人明明按照邀請函上的時間準時抵達，但「北風」的大廳已經擠滿了人。從衣裝判斷，這些人全是傭兵或冒險家，並分成了好幾個圈子在交談。

「智——不，破空劍，怎麼辦？」

克勞德、金風與菲利看著智骨。他們之前就商量好了，在公共場合不叫彼此的本

名，以外號相稱。

「……分頭行動，收集情報。記得低調行事，盡量不要引人注目。」

克勞德三人聞言立刻散開。智骨站在原地觀察，當他看到同僚們全部成功融入人群後，不禁鬆了一口氣。

很好！之前做了那麼多特訓，果然沒有白費……接下來輪到我了。

就在智骨準備隨便找個小圈子加入時，身後突然響起了一道聲音。

「你好。」

智骨立刻轉頭，發現與他打招呼的是一名黑髮女性精靈。對方似乎對黑色情有獨鍾，衣褲、靴子與斗篷全是黑色的，就連腰間劍鞘也是如此，除了暴露在外的白皙肌膚，整個人都被黑色包裹住。

「妳好。我是破空劍，敢問芳名？」

智骨邊說邊伸出右手，看起來似乎是想跟對方握手。黑髮女精靈聽完智骨那不像樣的自我介紹後，立刻捂住了嘴，露出驚訝的表情。

「你就是破空劍？哇哦——沒想到可以見到本人！」

「是的。」

「那個，雖然可能有點失禮，可是我眞的很好奇。你的本名到底是什麼？」

「抱歉，因爲一些私人因素，恕我無法透露。」

「欸——眞的不行嗎？告訴我嘛，放心，我絕對不會跟別人講的。你應該聽說過『沉默的薇妮』吧？那就是我了。我口風可是有名地緊，沒人可以從我嘴裡挖出祕密。吶吶，偷偷告訴我吧。」

自稱薇妮的黑髮女精靈低聲說道，智骨一臉爲難地搖了搖頭。

「說嘛說嘛，我可是『沉默的薇妮』喲！做這一行的，誰不知道我的人品跟信用有多值得信賴？」

「……抱歉，眞的不行。另外，我以前深居簡出，不怎麼跟其他人來往，所以沒聽說妳的大名。」

「這樣啊，那就沒辦法了。」

薇妮遺憾地點了點頭。

「雖然你沒聽過我，但我知道你哦。破空劍的威名現在可是無人不知呢。你一個人

嗎？『朋友』的其他成員呢？」

「他們去跟其他人聊天了。」

智骨隨手指了一個方向，在那邊的人群裡，有一名金髮美男子特別顯眼。

「哦，那就是神弓嗎？嗯嗯……果然名不虛傳，竟然能跟那些人聊得那麼開心……」

「那些人怎麼了嗎？」

薇妮的反應看起來有些奇妙，智骨心中立刻冒出不祥預感，連忙問道。

「他們是『血紅玫瑰』。一群只要有錢，什麼事都肯幹的傢伙。雖然個性很爛，但實力倒是有保證。看到那個女的了嗎？塊頭很大的那個。她就是『血紅玫瑰』的首領，『食人花』波娜．艾弗頓，她脾氣很差，而且討厭男人……不過看來神弓似乎是例外。」

智骨聞言仔細觀察，果然發現那群人裡有一名體格壯碩的雄壯女性，對方頭髮極短，臉上又滿是傷疤，如果不是薇妮提醒，智骨肯定會把她誤認為男人。

智骨欣慰地點了點頭，心想不愧是金風，竟然能跟那麼難搞的對象順利交流。雖然對於那位食人花為什麼要一邊講話一邊摸金風的屁股這件事感到疑惑，但那可能是人界特有的交流方式吧？

「據說『朋友』是五人隊伍，其他三位也在場嗎？」

「不，除了水晶，其他人都來了。看，那個人就是四聖印。」

智骨很快找到菲利。薇妮看到菲利所在的小團體後，立刻發出佩服的嘆息。

「啊，是『賢者之書』？真難得，據說他們的首領『魔杖』丹．路西爾很討厭神官呢，四聖印竟然能跟他們聊得來。吶，那個留著小鬍子的男人就是丹．路西爾了。」

薇妮口中的丹．路西爾，是一位穿著華麗法袍，渾身充滿冷酷氛圍的陰沉中年人，一看就知道不是好打交道的對象。

智骨欣慰地點了點頭，對於菲利的進步感到滿意。他也是魔法師，深知魔法師與聖職者之間很難有共通話題，畢竟一方是元素力量的使役者，一方是神明之力的信仰者，兩邊力量的運用方式可謂截然不同。

那位魔杖同樣一邊講話一邊摸菲利的屁股，這果然是人界特有的交流方式吧？

「對了，爆音在那邊。」

「爆音嗎？我看看……哎呀！『災厄獠牙』？那些傢伙可是出了名地孤傲啊，首領『灰燼之刃』凱莫爾．西薩更是喜歡用鼻孔看人的自大狂，爆音竟然能夠跟他們談得

來？太了不起了！」

薇妮倒吸一口冷氣，看起來眞的非常驚訝。「災厄獠牙」是一群由肌肉猛男組成的集團，凱莫爾．西薩的體格更是比其他人大了一圈。克勞德身材高大，與他們站在一起竟然有種奇妙的協調感，彷彿從一開始就是他們的一分子。

智骨欣慰地點了點頭，暗暗讚賞克勞德的社交手腕。至於災厄獠牙所有人爲何一邊講話一邊摸克勞德屁股這件事，智骨已經不會覺得疑惑了，那肯定是一種人界的交流方式，對志同道合之輩才會做出來的親密行爲！

我也能做到嗎？被人摸屁股這件事……

智骨心裡生起了濃厚的危機感。同僚們的表現出乎意料地優異，令他倍感壓力。

就在智骨暗暗定下今天自己一定也要被人摸屁股的目標時，原本喧鬧的旅店大廳突然安靜下來，人們的視線全都集中到同一個地方。

無數目光匯聚之處，站著一名高大威猛的獸人。他的登場令現場氣氛爲之一變，眾人的表情也由輕鬆轉爲嚴肅。

此人正是豪閃．烈風。

在場之人不是傭兵就是冒險家，不同於那些講究出身血統的貴族，比起權力，他們更敬畏暴力。在那個領域裡，獸人劍聖無疑是最接近頂點的存在。

在眾人的注目下，豪閃大步走上臨時搭建的演講台，然後用那渾厚的嗓音開口說道：

「很高興看到各位出現在這裡。我不喜歡說廢話，相信你們也不喜歡聽廢話，所以無聊的開場致詞就免了。」

不少聽眾面露微笑，這種風格正合他們胃口。講究繁文縟節也得看場合與對象，那種不管在哪裡都要裝腔作勢的傢伙，只是純粹的白痴。

「大家都是聰明人，相信已經猜到為什麼我會請你們過來了。嗯……或許應該說連這種事都想不到的笨蛋，沒資格收到我的邀請函。」

聽眾們笑得更加愉快了，對於這位傳說中的獸人劍聖不禁萌生好感。

然而現場仍有聽到一頭霧水的人，那就是智骨。

咦？這個聚會是爲了什麼目的而舉辦的嗎？邀請函上什麼也沒說……

雖然搞不清楚狀況，但智骨還是裝出一副心領神會的模樣，並且偷偷看了克勞德三

人一眼，發現他們也跟自己一樣擺出了「我當然知道哦」的表情。

「那麼……我想大家都知道，一個隊伍要是有兩個聲音，就無法正常發揮實力。今後你們將受我指揮，不服氣的傢伙現在就可以站出來。只要打贏我，以後你們想幹嘛我都不會管。好了，有誰想挑戰的？」

豪閃一邊用睥睨的眼神看著眾人，一邊散發懾人的氣勢。與他對上目光的人不是轉頭，就是搖頭苦笑。

這時智骨心想要是黑穹在場，很可能會迫不及待地跳出來，幸好她爲了補充物資回去正義之怒要塞了。

「這樣啊，很好，看來你們都同意接受我的指揮了。」

豪閃一臉高傲地點了點頭，然後繼續說道：

「不過我很忙，所以我會從你們之中選個副手，讓他代替我管理你們。有信心的就站出來，讓大家看看你們的能耐。」

台下氣氛立刻變了。

眾所皆知，傭兵與冒險家多是桀驁不馴、脾氣古怪之人，要讓他們乖乖聽命行事絕非易事。豪閃實力驚人，而且名聲響亮，因此大家願意接受他的指揮，換作別人就另當別論了，沒人願意屈居他人之下。

然而，事情反過來說也是成立的。

如果眞的奪下副手職位，哪怕只是暫時，也等於建立了「自己的地位比他人更高」這個事實。這將變成一份無人能夠否認的耀眼資歷，其他人的日後成就越是輝煌，曾經指揮過他們的自己，身價自然越是高漲。

正是因爲想到這點，眾人的態度才會大變。原本抱著輕鬆心情前來的他們開始變得認眞起來，在這其中，又以災厄獠牙、賢者之書與血紅玫瑰的首領們最爲嚴肅。

他們都是烈銅級傭兵團，彼此之間的地位理論上相等，但要是副手職位落入他人手裡，「自己屈居於對方之下」這個事實就確立了。要是對方拿這件事大做文章，散播什麼討厭的流言，他們的自尊心可無法容忍。

「有意思，那就讓我來當吧。」

「咈咈咈，人生就是這樣，總是有意想不到的麻煩事要處理。」

「無能的傢伙滾一邊去，最適合的人是我。」

就像事先約好似地，「食人花」波娜．艾弗頓、「魔杖」丹．路西爾、「灰燼之刃」凱莫爾．西薩全都站了出來，他們彼此互瞪，交會的視線彷彿擦出了無形的火花。大廳內眾人不由自主地倒退，爲這三人騰出一大片空間。

三名傭兵首領沒有諷刺或嘲笑對方，以他們的地位，沒必要做那種小家子氣的事，因此他們一起轉頭看向豪閃。

「你們的上進心令我感動，不過副手的位子只有一個。爲了公平起見，就用實力來決定吧。」

果然如此，智骨點了點頭。魔界軍也常用這種方法確定上下關係，特別是超獸軍團，小至床鋪位置，大至升職加薪，全都靠拳頭來解決。雖然簡單粗暴，但非常好用，畢竟越複雜的東西就越容易出錯。

可是現在要怎麼用拳頭決勝負呢？如果有四人，那就可以兩兩對決，現在只有三人，難道要來個大混戰嗎？這樣對魔法師是不是太不利了？還是說有其他的比試方法？智骨心想。

「——不過，只有三人嗎？比想像少了一點……破空劍喲，你不來嗎？是你的話，直接坐上那個位子也不是不行。」

就在這時，豪閃突然開口說話，同時看向正站在一旁胡思亂想的智骨。所有人猛烈轉頭，智骨瞬間變成全場目光焦點。

「那個人就是破空劍……！」

「明明是戰士卻擁有飛行能力，能打倒十二級魔法師的破空劍……？」

「是本人嗎？比想像中來的瘦……」

「裝備很氣派，看起來不弱……」

眾人竊竊私語，目光中混雜了欽羨與好奇。雖然他們來到復仇之劍要塞的時間並不久，但也聽說過破空劍的事蹟。原本還以爲只是過分誇大的傳聞，如今看來那些事並不假，否則獸人劍聖也不會親自指名了。

瞬間成爲話題中心的智骨僵立當場，幸好他是不死生物，否則此時肯定已渾身冷汗。

「……您過獎了，我對自己的戰鬥能力沒自信。這麼珍貴的名額，還是留給別人吧。」

「呵，還是這麼謙虛。不是我說你，強者張揚一點也無妨，否則只會讓一些自不量

力的蠢蛋產生錯覺，以爲可以踩著你的腦袋往上爬……唔，不好意思，不是在說你們，只是想到一些事，有感而發罷了。」

豪閃的發言令眾人不禁屏息，這幾乎是在明示破空劍比「食人花」、「魔杖」、「灰燼之刃」更強了。

「劍聖閣下，您的判斷似乎下得太早了吧。」

「咈咈咈咈，我承認破空劍有點本事，但恐怕還不到輾壓我們的程度。」

「請別妄下斷言，戰場之上無奇不有，有些事要試過之後才知道。」

面對這樣的羞辱，三人自然不可能保持沉默。

如果在這裡退縮了，今後三名傭兵首領肯定會變成笑柄，他們的傭兵團也會連帶被嘲弄，因此他們一邊高聲反駁，一邊對智骨投出充滿敵意的目光。

「說的也是。我理解你們的心情，有些事要親自體驗才能理解。那麼，破空劍喲，人家都說到這個份上了，你也別再自謙，稍微認眞一點吧。」

豪閃笑著對智骨說道，他的態度令眾人心中再次掀起波瀾。

雖然豪閃似乎非常欣賞智骨，但智骨只想請他閉嘴，別再把自己拖下水了！

智骨連忙轉頭看向站在不遠處的同僚們，用力向他們使眼色，希望他們幫忙解圍，例如出面接戰什麼的，雖然有些突兀，但總比他自己上場來的好。

克勞德、金風與菲利看到智骨的暗示後先是愣了一下，然後露出理解的表情，同樣使眼色做出回應。

——了解，你要我們別插手。

——原來如此，你想讓這些人類見識一下天才不死生物的本事。

——放心啡，我們會睜大眼睛，好好欣賞你的表演。

克勞德、金風與菲利不約而同地對智骨豎起大拇指，這是他們最近學到的一種人界手勢，象徵鼓勵與讚賞。

欣賞個屁！我是要你們出手！我現在是劍士！劍士啊！沒辦法用魔法！

智骨瞪大雙眼，拚命對三人使眼色。

——秒殺嗎？竟然打算秒殺他們嗎？了不起的氣魄！

——不愧是智骨，就算一挑三也這麼有自信！

——吾友，我以你爲榮啡！

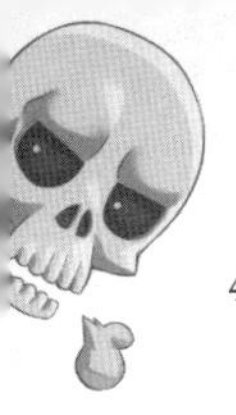

克勞德、金風與菲利同時倒吸一口氣，然後豎起另一隻手的大拇指，表達出他們對智骨的敬佩。

秒殺個屁啊！是說你們的心聲那麼複雜，為什麼我可以看得懂？還有既然我可以看懂你們的，為什麼你們卻看不懂我的啊？你們是在耍我嗎——？

就在智骨與同僚們進行激烈的無聲交流時，關於比試的對話仍在繼續進行。

「呵，正合我意。那麼，要用什麼方式解決？要讓我們全力以赴的話，這個地方似乎太小了。」

「食人花」波娜・艾弗頓抬高下巴說道。

旅店大廳非常寬敞，如果讓眾人退到牆邊，就能騰出數千平方公尺的空間。對於一般戰士來說，這樣的場地綽綽有餘，但作為烈級傭兵的比試場所，那就太過狹小了。

「這也是我想說的話。在這裡打不是不行，但其他人要是被波及，死了也別怪我。」

「魔杖」丹・路西爾一臉傲慢地說道。身為魔法師的他，肯定擁有極為強力的攻擊手段，而越是強大的魔法，對環境造成的破壞力也越大。

「我無所謂，就算要來場四人混戰也沒問題。死掉的傢伙只能怪運氣不好。」

「灰燼之刃」凱莫爾．西薩雙手抱胸說道。聽見如此危險的發言，眾人不禁臉色發青地倒退數步。

「也是啊……得找個適合的場地……不過現在時機不對……」

豪閃皺眉低語。

如果是平時，豪閃什麼樣的場地都弄得到，但現在正值各方大人物匯聚復仇之劍要塞的敏感時刻，他不想給有心人抓到搬弄是非的機會。

「好吧，我知道了。那麼……」

就在這時，豪閃突然拔出腰間的劍，然後凌空斬下。

豪閃拔劍的瞬間，劍身便綻放出耀眼光芒。下一秒，四道光之波動轟向了爭奪副手之位的那四人！

閃光炸裂。

宛如暴風般的衝擊波橫掃大廳，所有事物全都被這極其突然的一擊給吹飛。人也好，桌椅也好，統統以驚人速度倒飛出去，無數撞擊與粉碎聲組成了不和諧的交響曲。

然後，光芒消逝。

只見那三名傭兵首領全都跪倒在地，唯有智骨獨自佇立。

當然，智骨並非完全無事，他的鎧甲與披風全都碎裂了，波娜與凱莫爾的情況也差不多。丹的衣服完好無損，但臉色卻極為蒼白，顯然是在緊要關頭動用了某種魔法手段。

「能夠接下我這一劍，你們的實力確實不錯。但——也就只有那樣而已。」

豪閃一邊收劍，一邊傲然說道。

「不愧是你，破空劍，沒讓我失望。副手的位子就給你了。」

「等一下！這不——」

凱莫爾仰頭大喊，顯然想要抗議。然而豪閃只是瞪了一眼，凱莫爾就像是脖子突然被扼住般，說不出話來。

「……你想說什麼？不公平？不講理？不能突襲？你是剛拿劍的小鬼嗎？敵人會跟你講公平？在戰場上，什麼事都可能發生。沒有足以應付意外的實力和覺悟，只會拖著隊友一起死。」

豪閃聲音不大，語氣卻極為嚴厲。

「仔細看看破空劍吧，難道你們看不出自己與他的差別在哪裡嗎？」

不只三名傭兵首領，眾人也看向智骨。大家都是經驗豐富的戰士，很快就察覺到智骨與其他人的不同之處。

智骨沒有拔劍。

面對豪閃的攻擊，凱莫爾、波娜與丹都取出武器抵擋，唯獨智骨沒有。換句話說，智骨在正面承受了劍聖一擊的情況下，還能一臉若無其事地站在那裡。

凱莫爾嘴巴張了張，他似乎想要辯解，但最後還是閉上了嘴。波娜與丹露出不甘心的表情，不過同樣什麼也沒說。實力的差距如此明顯，哪怕他們有再多理由，聽起來也只會像是敗犬的狂吠。

就這樣，智骨成爲了豪閃的副手，同時也是復仇之劍要塞所有高階傭兵的管理者。

「我們的計畫出現了嚴重失誤。」

回到旅館後，智骨表情凝重地說道，正準備用客房服務叫幾瓶酒過來慶祝一下的克勞德三人聞言頓時一愣。

見到同僚們的表情，智骨知道他們還沒意識到究竟哪裡出了問題，於是他嘆了一口

氣，然後問道：

「我們的任務是什麼，你們還記得嗎？」

「啊啊，當然記得。」

克勞德點了點頭，然後毫不猶豫地回答：

「寫出融合魔界與人界風味的新型詩歌。」

金風一臉錯愕地看著克勞德，對友人竟然說出如此離譜的答案一事感到驚訝。

「等等，不是找人類一起開宴會嗎？」

菲利一臉錯愕地看著克勞德與金風，對兩人竟然說出這麼荒謬的答案一事感到驚訝。

「你們搞錯了吧？我們不是正在帶薪休假嗎？」

「全都不對啊啊啊啊啊啊啊——！」

智骨激動地掀翻面前的茶几。

「為什麼可以錯到這種程度啊？才一個月而已，你們就什麼都忘記了嗎——？是情報！情報啊！我們的任務是收集情報！宴會？休假？這種好事輪得到我們嗎？給我清醒一點啊啊啊啊啊啊——！」

在智骨的嚴厲斥喝下，克勞德三人露出了恍然大悟的表情。

「對、對啊，我們的任務是收集情報。」

「奇怪，爲什麼我會記錯呢？肯定有什麼干擾了我的記憶！」

「冷靜啡！回想一下我們最近做了什麼，線索肯定就在那裡啡！」

於是克勞德等三人努力回想自己最近的所作所爲，腦中迅速掠過各式各樣的影像。

躲在旅店裡面大吃大喝、躲在旅店裡面玩牌、躲在旅店裡面睡懶覺、躲在旅店裡面寫詩彈琴、躲在旅店裡面改良搶內褲遊戲、躲在旅店裡面研究新的調酒方法、躲在旅店裡面說上司的壞話……記憶彷彿無形的畫卷，鮮明地浮現於三人眼前。

「……沒有頭緒。」

「……不知道。」

「……想不到啡。」

三人一臉不可思議地搖頭，完全不知道自己究竟做了什麼，才會導致搞錯任務內容。見到同僚們的茫然表情，智骨的肩膀無力地垂了下來。

「……嘛，算了。總之，我們的任務就是收集情報。原本我們打算跟人界軍高層建

立關係，再趁機套出情報，可是我們太專注於『如何接近人界軍高層』這件事了。簡單地說，就是光顧著研究手段，卻忘記了目的。」

「有嗎？爲什麼你會這麼想？」

克勞德訝異地問道。

「豪閃．烈風爲什麼要邀請那麼多傭兵，而且還把他們統合成一支隊伍？你們不覺得奇怪嗎？」

「你知道？」

「不知道，但大概猜得出來。」

豪閃沒有說明聚會理由，而來賓們對此也一字不提，但智骨仍察覺到其中的不對勁。

「他們正在集中所有傭兵的指揮權，顯然是在整合戰力。」

克勞德、金風與菲利聞言不禁倒吸一口氣。就算再怎麼混吃等死，他們好歹也是坐辦公室的魔界軍官，立刻意識到此事背後隱含的意義。

「又要開戰了嗎……爲什麼一定要選擇流血的道路呢？」

「和平的日子難道不好嗎？人類也好，魔族也好，都是嚮往和平的啊！」

「殺戮無法成就任何東西，只會孕育悲哀而已，難道他們不懂嗎啡！」

克勞德、金風與菲利帶著悲痛的表情，說出了與自身軍人立場完全不符的台詞，乍聽之下，他們似乎有著悲天憫人、重視生命的崇高精神，但——

「不打仗就能領薪水的生活不好嗎？」

「戰爭什麼的又累又煩，不想幹啊！」

「我想要繼續過悠閒的日子啡！」

——下一秒鐘，他們就吐露了真心話。

是的，他們只是不想工作而已。

或許對大人物來說，發動戰爭乃是守護世界的必要手段，但對流血流汗的基層人員而言，那些事距離他們太遙遠了，與其擔憂明天世界會不會毀滅，不如先考慮今天自己能不能活下去。比起未來的輝煌，現在的幸福無疑更有價值。

「冷靜點。雖然我們犯錯了，但現在補救還不算晚。感謝魔神庇佑，黑穹大人現在不在。」

後面那句話聽起來有些突兀，但克勞德等人明白智骨的意思。

如果黑穹在這裡，鐵定會不滿他們犯下的失誤，輕則送上一巴掌，重則就地處決。

魔界有句古諺，叫作：「只要沒斷掉，觸手依然是觸手」。沒被發現的罪行不算罪行，沒被發現的失誤不算失誤，只要在黑穹察覺之前解決問題，那他們就能安全過關。

「幸好智骨拿到了傭兵部隊的指揮權，利用這身分，應該可以收集到有用的情報。」

「不虧是智骨，漂亮地接下了那一劍。換成是我，八成會受重傷。」

「幹得好，天才不死生物啡！」

克勞德三人開始稱讚智骨當時的優異表現，但智骨一點也不高興，只是眼角抽搐地看著他們。

如果是一對一打鬥，智骨肯定會敗得很難看，幸好豪閃選擇了另一種方式。在近戰方面，智骨唯一的優點就是耐打，豪閃的波動劍雖強，但與黑穹的職場暴力相比，仍略遜一籌。

「……總之，今後的工作重點就是彌補失誤。你們有什麼好點子嗎？」

智骨不抱希望地問道。令他訝異的是，這群不可靠的同僚們竟然真的提出了有用的建議。

「無論如何，都要先跟那些傭兵打好關係。」

「沒錯，既然接觸不到上面的大人物，那就從下屬著手。」

「不管價值高低，從他們身上肯定可以挖出一些東西啡。」

或許是對於黑穹的恐懼激發了他們的潛力，克勞德等人的思路異常清晰且符合邏輯，就連智骨也不得不承認，他們的意見很有道理。

「我知道了，就先這麼做吧。不過要怎麼跟傭兵們打好關係？果然還是要用那一招嗎？」

「當然，我們最擅長的就是那個。」

「其他的方法都太慢了。黑穹大人隨時可能會回來，我們不能浪費時間。」

「該是拿出全力的時候了啡。」

智骨四人彼此對視，然後同時點了點頭，比出了一個手勢。

「「「「成爲朋友吧！」」」」

💀💀💀

不同於其他城市，復仇之劍要塞裡到處都是隨身攜帶武器的人，就連在路上跑腿的僮僕，懷裡都會藏著一把匕首。

照理來說，這種作法對於維持社會穩定有著極大危害，然而復仇之劍要塞情況特殊，誰也不知道魔界軍何時會打過來，隨身攜帶武器被視爲是戰意高昂、居安思危的證明。正因如此，要塞裡械鬥事件頻傳，警備隊每天都忙得不可開交。

正因爲人們習慣攜帶武器，沒帶武器上街的人反而格外顯眼——就像此時正蹲在路邊猛吃烤肉串燒的那對男女一樣。

男子看起來大約四十多歲，黑髮黑瞳，體格高大，長相俊朗且富有威嚴。女子則是只有十來歲，同樣黑髮黑瞳，體型嬌小，五官精緻。兩人都穿著材質非常高級的衣服，明顯來歷不凡。

路過行人紛紛投以好奇的目光，這對男女的身分肯定非同小可，但爲什麼會蹲在路邊大啖便宜的小吃呢？而且他們看起來既沒有護衛也沒有攜帶武器，簡直就是叫人快去找他們麻煩。

但是，沒人這麼做。

看向那對男女的行人裡，確實不少人眼底蘊藏著勒索金錢或調戲少女的欲望，然而下一秒，他們都會因爲一陣毫無理由的冷顫而打消念頭。

那陣冷顫的眞面目，乃是生物基於求生本能所發出的警告。

「——妳說的沒錯，這個眞的很好吃。」

吃完烤肉串燒後，中年男子一邊舔了舔嘴唇，一邊對身旁少女說道。少女聞言立刻把手中的烤肉串燒藏到背後。

「這是我的。」

「喂喂，妳以爲我是那種會把女兒點心搶去吃的父親嗎？」

「是！」

「竟然回答得這麼乾脆……」

「你把我要吃的東西搶走的次數，總共一千七百三十三次。」

「這種無聊的小事幹嘛記那麼清楚？而且從妳滿兩百歲那一年，我就沒有再搶了。」

中年男子露出傷心的表情，但少女完全不爲所動，目光依舊充滿警惕。中年男子眼

看無機可趁，於是嘆了一口氣。

「很好，妳長大了。女兒啊，想要守護的東西，絕對不能輕易放手，哪怕對方是父母也一樣，這正是我們龍族的生存方式。能親眼見到妳的成長，爲父非常欣慰。」

「就算用了溫情戰術，還是不會分給你。」

「……嗯，妳果然長大了。好吧，我自己去買。」

中年男子一臉落寞地起身走向不遠處的攤販，他的背影看起來如此蕭瑟，使得少女不禁生出一絲罪惡感，然而中年男子很快就捧著一堆食物興奮地跑回來，先前的落寞彷彿假的一樣，於是少女也立刻拋棄了那絲罪惡感。這份乾脆，就是龍被稱爲孤高生物的原因之一。

魔界聯邦霸龍大公——霸穹。

魔界聯邦超獸軍團長——黑穹。

以上就是這對父女的眞實身分，要是人界軍知道竟然有兩名魔族大人物在此，肯定會不惜一切發動圍剿。而這對父女膽敢大搖大擺在敵陣拋頭露面，顯然也有著無論發生什麼事都可以脫身的自信。

「哦哦——！這個也很好吃！奇怪，爲什麼魔界沒有這麼美味的東西呢？」

一口吞下糖煮水果切片，霸龍大公忍不住發出感嘆。

「因爲魔界種族太多、差異太大的關係。」

黑穹想也不想地說道。

她以前也有過同樣疑問，後來某個不死生物副官爲她解惑。龍本來就是非常聰明的生物，身爲至強者的霸龍大公更是睿智之輩，用不著黑穹詳細說明，他就理解了那句話所代表的複雜意義。

「原來如此。只要把那些只會吃無聊東西，以及分辨不出好吃東西的魔族給滅掉，魔界的料理水準就會進步了。」

只能說不愧是父女，霸龍大公的反應與當時的黑穹一模一樣。

「你特地從魔界跑過來，該不會只是爲了吃吃看人界的食物吧？」

「嗯？當然不是。我不是說了，是爲了驗證你們的報告內容嗎？事關重大，下面的傢伙太不可靠了，還是親自過來看看比較保險。至於吃東西什麼的，只是順便，順便而已。」

大約兩個月前，魔界派了一支隊伍前來視察前線狀況，然後機緣巧合下，得知人界

軍近期很可能調集大軍，再次進攻正義之怒要塞。

這份報告很快在萬魔殿引起軒然大波，如果情報屬實，那麼恐怕有必要強化正義之怒要塞的戰力。

然而，魔界八大軍團已有半數駐守人界，若要再抽調其他軍團支援正義之怒要塞，魔界聯邦的防禦能力勢必會弱化，其他周邊勢力很可能趁機進攻。

萬魔殿已在研究是否要強制徵兵，或是全國進入戰時體制了。一旦走到那種地步，就連大貴族的權益也會嚴重受損，因此霸龍大公決定前往人界，憑自己的眼睛做出判斷。

「所以呢？你看到了什麼？」

黑穹問道。

「人界的東西很好吃，很有征服的價值。」

霸龍大公毫不猶豫地回答了。以食欲作為是否值得發動戰爭的依據，乍聽之下似乎有些不可思議，但若是回顧歷史，大多數戰爭爆發的原因在後世看來全都相當荒謬。

「……征服不了吧？」

「沒錯，以現在的情況是不可能的。再也沒有比兩線開戰更愚蠢的事了，四百年前的錯誤，絕對不能再犯。」

四百年前，第一次兩界大戰爆發。

當時的魔界聯邦與現在一樣，在魔界裡有著勢均力敵的強大對手，部分魔族錯估了人界的實力，認爲可以迅速征服人界，將其打造成穩定的大後方基地，結果犯下兩線開戰的大錯。

當時的霸龍大公，正是錯估了人界實力的那些魔族之一。

正因曾犯過錯，所以這次霸龍大公沒有輕信觀察團的報告，親自前來視察。

「嘛，我也覺得人界軍很強。不過不是那種外表上就能看出來的強，而是隱藏在內部的強。如果只跟他們打過一、兩場仗，是感覺不到那種強的。」

黑穹一邊大口咬著肉串，一邊訴說她對人界軍的感想。霸龍大公點了點頭，爲女兒的犀利眼光感到欣慰。

「沒錯，人界跟魔界不同，他們的強大是內斂的，必須長時間接觸才感受得到，而我最擔心的，就是蜘蛛大公沒發現這點。」

「你不是說蜘蛛大公也來了？」

「嗯。蜘蛛大公肯定跟我們一樣已經潛入這裡。那傢伙的操魔蛛絲最擅長幹這種事。」

蜘蛛大公有一種名爲「操魔蛛絲」的絕技，可用蜘蛛絲入侵生物大腦，植入暗示，使對方變成唯命是從的傀儡。只要使用得當，便能輕易掌握一國政權。

操魔蛛絲雖然恐怖，但也非萬能。

首先，它對實力相等或高於自身的目標不起作用，其他六名魔界大公就完全不怕這一招。其次，它對沒有大腦或不用大腦思考的目標無效，例如不死生物、無實體生命或構裝生命體等等。最後，操魔蛛絲怕火。

霸龍大公可以輕易想像得到蜘蛛大公潛入復仇之劍要塞後會做些什麼，尋找高級軍官，用操魔蛛絲令他們吐露情報，或許還會順便洗腦他們，讓他們在戰場上突然刺殺友軍將領，製造大規模混亂。

那樣不是不好，但對「理解人界眞正的強處」這點沒有幫助。

操控傀儡而得到的情報終究有其侷限，必須從更高的層次去觀察，才能發現人界的強處。一旦蜘蛛大公誤判人界實力，回去萬魔殿大肆宣傳，魔界聯邦恐怕又要犯下跟四百年前一樣的錯誤。

「真受不了，明明我才是主戰派，為什麼反而還要擔心戰爭爆發呢？立場完全顛倒了吧。」

霸龍大公說完忍不住嘆了一口長氣。

說穿了，主戰也好，主和也罷，能夠真正決定立場的，終歸只有利益。可以從戰爭中獲利的人就會主戰，反之則是主和。信念、理想與主義只能作為一時的驅動燃料，隨時會因為外部刺激而熄火，這就是人們總是搖擺不定的原因。

「因為爸爸你總是喜歡用武力解決問題的關係吧。雖然我很討厭黑殼蟲，但你偶爾也該像他一樣，用計謀處理麻煩。」

「桑迪嗎……」

霸龍大公聲音突然低了下來。

「女兒啊，千萬別小看桑迪。他可是曾經差一點就當上魔王的魔族，那個傢伙的心機之深，遠比他表現出來的還要大上幾百倍。當他安分下來的時候，才是最須提防的時候……他最近有做什麼嗎？」

黑穹停下吃東西的動作，側頭認真想了一會兒。

「有。他最近一直做有關人類補完計畫的事情，像是製作相關的魔法道具、訓練設備，還有研究報告什麼的。」

「是嗎？那就好。那傢伙一閒下來，就肯定是在打什麼壞主意，千萬不能掉以輕心。其他軍團長就算了，妳這麼單純，爸爸很怕妳被他欺負啊！」

「別抱過來！好熱！好煩！我已經不是小孩子了啦！」

黑穹低頭閃過霸龍大公的雙臂，然後往後者下巴送上一記華麗的上鉤拳，打得霸龍大公的頭整個揚了起來。也幸虧挨這一拳的是霸龍大公，如果換成其他人，腦袋八成會直接飛掉。

「嗚……不錯嘛……肉搏戰的技術……進步很多……」

霸龍大公一邊擦拭從嘴角溢出的鮮血，一邊誇獎女兒。

「啊啊，最近一直在特訓。我也覺得自己人形狀態時的戰鬥力提高了不少。」

「這很好。妳以前只會靠著龍族的巨大體型硬幹到底，爸爸一直很擔心呢。」

由於龍族那強到不講理的自癒能力，霸龍大公嘴裡的傷口已經復元了。只見他一臉感慨地說道：

「在戰鬥中，體型尺寸也是左右勝負的關鍵之一，大有大的好處，小有小的便利。因應不同戰況改變體型大小，正是『龍之幻夢』的精髓。看到妳在通往強者的道路上更進一步，爸爸很高興。」

是的，龍族獨有的超強力變形術「龍之幻夢」，其本質乃是戰鬥用的絕技。能夠自由變換體型尺寸，在戰鬥中能獲得的優勢可是超乎想像地大。魔界是廣闊的，像力氣大、魔力高、耐力強之類的體質優勢，其實很容易遭到剋制。

身爲戰鬥種族的龍族很早就發現了這點，所以才會開發出「龍之幻夢」，哪怕被其他魔族當作取笑的題材也無所謂。表面的尊嚴與實質的勝利，龍族選擇了後者，於是在魔界的至強者陣營中，龍族佔據了一席之地。

等到後來的龍族賢者進一步改良祕術，做到連性別與種族都能變換的程度後，龍族的強者地位便更加無可動搖了。

「龍之幻夢」很強，但能夠習得的龍族卻很少，這是因爲大多數龍族只沉溺於巨大體型的優勢，領悟不了「龍之幻夢」的眞義。原本的黑穹也是如此，現在看到她有擺脫

過去思維的跡象，霸龍大公打從心底感到喜悅，並且感謝那個改變了黑穹心態的對象。

「是叫智骨沒錯吧？那個提出人類補完計畫的魔族。」

「嗯，雖然是不死生物，但頭腦很不錯，也很耐打。」

「是嗎……不死生物啊……話說回來，我記得我們的遠親之中也有骨龍呢。連生殖隔離都能打破，這才是『龍之幻夢』最厲害的地方，就算對象是不死生物，我們也能繁衍後代。」

「……什麼意思？」

「只是突然有感而發罷了。正因爲有『龍之幻夢』，所以我們這種難以生育的孤高種族才不至於滅絕，妳不覺得嗎？」

「作爲解釋自己爲何會有將近三位數妻子的藉口來說，實在不怎麼樣。」

「女兒喲，這正證明了爲父是一頭品德高尚的龍。爲了壯大族群，不惜與眾多種族進行繁衍實驗，而且還負起責任迎娶她們爲妻。」

「是是是，你最了不起了。」

「那個智骨不是正在這裡執行任務嗎？讓我看看本人吧。」

「你又想幹嘛？」

「別那麼緊張，只是想鼓勵一下有前途的魔族菁英而已。雖然是虛階，但我好歹也頂著上將頭銜，慰勞下屬也是應有之義。」

「不需要！他們現在正在進行很重要的諜報任務。諜報是什麼你懂嗎？不要為了無聊的小事增加他們暴露的風險！是說你幹嘛流眼淚啊！」

「因為……嗚嗚……爸爸太感動了……嗚……妳現在……也學會公私分明了……以前明明那麼任性……嗚……真不愧是我的女兒……嗚嗚嗚……妳要去哪裡？」

「煩死了！不要跟過來！」

「可是爸爸不認得這裡的路啊。」

「自己飛回去！」

「好遠耶。」

「能夠超音速飛行的傢伙，說什麼蠢話！」

這對危險的父女就這樣在復仇之劍要塞的大街上吵吵鬧鬧地走著，路過的行人紛紛投以溫柔的目光。

02 反攻的聖劍

如今的復仇之劍要塞，正面臨一場名爲炫耀的風暴。

隨著大批援軍進駐，許多貴族也來到了復仇之劍要塞。只是這些上位者們平時早就習慣奢侈的生活，既不能也不願住在軍營裡，所以必須另找住所。

一般說來，最理想的方法就是買下或租下房子，但復仇之劍要塞畢竟尚未落成，足夠氣派的宅邸極爲稀少。當那些大房子都被大貴族拿走後，地位較次的貴族們就只能選擇平庸的房子，或是乾脆住進高檔旅店。

然而，這次前來復仇之劍要塞的貴族實在太多，就連高檔旅店也接收不完，於是貴族們只好把目標放在更差的房子上。

宅邸的水準能夠反映居住者的權勢，這點就算放在其他地方也是成立的，但復仇之劍要塞的狀況顯然誇張過頭了。

貴族是一種用虛榮心堆砌起來的生物，要是今天在這裡丟了面子，改天就要在其他地方找回來。這樣的生物若是群聚起來，對於優越感的需求就會以等比級數直線上升。

那些沒辦法住進好房子的貴族們，很快想到了挽回顏面的方法，那就是舉辦宴會。

名酒、美食、音樂、舞蹈、禮服、豪車、香水、鮮花、珠寶、古董……只要搬出自己擁有的奢侈品，就不至於會被輕視。雖說俗氣了點，但這也是最直觀的方式，而最能展示這些東西的舞台，莫過於宴會了。

於是，復仇之劍要塞掀起了宴會的大浪潮。

無論白天或深夜，每天都有貴族舉辦宴會，如果實在找不到適合場地，那就改爲規模較小的茶會，但不管如何，會場一定要布置得足夠氣派，食物與酒水也要足夠高級，要是不夠奢華，就會淪爲其他貴族的笑柄。

這一天，復仇之劍要塞的某間宅邸舉辦了宴會。

宴會的主辦者是矮人，其名帕布・炎金。眾所皆知，炎金一族一向喜歡誇耀自身財富，因此會場內可謂金碧輝煌。高雅的水晶燈、手工地毯、巨幅名畫，數不清的奢侈品與藝術品充斥於這個空間。

「……簡直跟王宮一樣。」

一名中年男子捧著酒杯低聲呢喃。

中年男子棕髮藍眼，蓄著精心打理過的八字鬍，嶄新的禮服上掛著大量貴金屬飾品。

雖然此人氣度不俗，可惜皮膚之下囤積了過多脂肪，令他看起來就像過度裝飾的氣球，但沒人因此輕視他，因爲他的名字是肯尼斯・梵・薩米卡隆——神聖黎明王位第一繼承人。

「我實在搞不懂矮人的審美觀。難道他們不知道什麼叫作平衡嗎？明明房子已經夠小了，還要硬塞這麼多東西，這只會讓客人覺得煩躁而已。他們——」

「大人，請愼言！」

身旁隨從連忙打斷肯尼斯的牢騷。

「好了好了，不就是想辦法跟炎金一族打好關係嗎？我知道怎麼做。」

肯尼斯輕哼一聲。

在覬覦王位的眾多野心家裡，肯尼斯曾是最接近王冠的那一個。之所以使用過去式，是因爲最近有匹黑馬異軍突起，在極短時間內組建了不遜於肯尼斯的勢力。

那匹黑馬的名字，正是阿提莫・梵・薩米卡隆。

阿提莫的強勢崛起令肯尼斯感受到威脅，他曾試著拉攏對方陣容裡的核心人物，也就是吉姆・梵・哈默斯，但成效甚微。肯尼斯起初完全不明白對方爲何如此支持阿提莫，經過一番打聽，他才明白——或是自以爲明白——箇中原因。

在肯尼斯陣營眼中，阿提莫仍是過去那個無能的三流藝術家，這樣的傢伙之所以會獲得吉姆・梵・哈默斯的支持，肯定不是因爲阿提莫有王者之姿，而是因爲復仇之劍要塞給阿提莫帶來了某個極爲重要，但他們過去一直忽略的東西。

那就是名聲。

「阿提莫・梵・薩米卡隆利用自己身在前線這件事，把自己包裝成正直勇敢的人，藉此結交外部勢力，然後反過來欺騙國內的貴族們，僞裝出自己很有能耐的假象！」——以上，就是肯尼斯陣營智囊們做出的分析。

肯尼斯陣營發現他們太過注重爭取國內貴族，忽略了國外勢力的支持。

理論上，王冠落於誰手乃是該國自己的內部事務，他國無從置喙，但那終究只是理論。事實上，越是重要的事件，外部勢力越是會關注，甚至出手介入，差別只在於力度大小而已。

尤其是在第二次兩界大戰爆發的現在，其他國家完全可以利用「維持人界軍的團結」這個大義名分，干涉神聖黎明的王冠所有權。肯尼斯陣營因爲過去一直佔據優勢，所以忽略了這件事，以致於讓阿提莫搶得先機。

「就是爲了彌補你們的失誤，我才會大老遠跑來這裡，否則誰想來這種什麼都沒有的鬼地方啊。」

肯尼斯用力咂嘴，隨從立刻躬身行禮以示歉意。這名隨從正是肯尼斯的智囊之一。

「阿提莫那混小子，幹嘛不乾脆在上次就死掉？那些刺客也真是廢物。」

肯尼斯所指的，是之前阿提莫遭遇的綁架事件。雖然不知道是哪個繼承人派系出手，但在肯尼斯想來，對方勢力肯定不怎麼樣，否則也不會把事情搞砸。

「大人，請慎言……」

「知道了知道了！整天慎言慎言的，煩死了！」

肯尼斯不耐煩地擺手，隨從立刻退了一步。

「走吧，跟這裡的暴發戶主人打招呼，然後隨便吹捧他一下就回去吧。這種悶死人的地方我實在不想多待。」

肯尼斯就這樣一邊發著牢騷，一邊走向站在不遠處、穿得金光閃閃的矮人。

雖然嘴上不斷抱怨，但來到帕布・炎金面前時，肯尼斯立刻換上了溫文有禮的誠懇臉孔，簡直就像變了一個人。畢竟是在貴族世界打滾三十多年的王室中人，這點程度的社交手腕還是有的。

自報家門、稱讚對方的穿著品味、誇獎宴會內容、講些無傷大雅的笑話……在一套有如流水線作業般的無趣談話後，氣氛變得融洽許多。

原本肯尼斯打算立刻離開，但帕布接下來提起的話題讓他打消了念頭。

「說起來，肯尼斯閣下有聽說過嗎？關於我軍的必勝策略。」

「哦？很抱歉，我不知道。難道您知道內幕嗎？」

必勝策略。

這正是人界五國願意派遣大軍前來支援復仇之劍要塞的理由。

基於保密因素，這個策略僅有極少數人知道，就連肯尼斯這種距離王位僅有一步之遙的人也不清楚內情，只知道那是一個「絕對可以奪回正義之怒要塞的策略」。

關於必勝策略的消息，早已在各國高層間廣為流傳。這也正是會有那麼多貴族跑來復仇之劍要塞的原因，他們打算趁機為自己的經歷鍍金，以後逢人便能吹噓：「當初那場大戰我也有參與喔！」

「哎呀，清楚內情的肯定只有那些將軍，我只是聽到了一些風聲而已。」

「還請務必讓我知悉。」

「嘛，就算只是風聲，但也算是機密……因爲是你我才會說的哦。」

帕布一臉爲難的表情，肯尼斯見狀忍不住在心底嘲笑對方的拙劣演技。施恩的企圖未免太明顯了，如果火圖的高層盡是這樣的貨色，也難怪會被阿提莫那種人給拉攏。

即使心中鄙夷，肯尼斯仍裝出一副感激不盡的臉孔。帕布裝模作樣地左右張望了一下，然後低聲說道：

「這次的戰役，據說會有十三級魔法師參戰，而且不只一位。」

「十三級……！」

肯尼斯倒吸一口冷氣。

魔法師一旦到了十二級，基本就已經擁有一人成軍的能力。達到十三級，那幾乎就是會活動的天災。

當初正義之怒要塞失陷時，人界軍也沒派出過十三級魔法師，現在竟然一口氣調動了複數的十三級魔法師前來，可見五大國這次是認眞的。

「如果眞的有十三級魔法師參戰，那這一仗我軍必勝無疑。話說回來，有哪幾位會來？」

「這我就不清楚了。我本來還想問您神聖黎明有誰會來呢。」

「抱歉，我也不知道。」

十三級魔法師的一舉一動都受到關注，但他們的行蹤是絕對保密的，只有極少數人有資格知道。高階魔法師的地位一向超然，哪怕是肯尼斯也無法接近，更別說打探動向了。

聽到帕布也不知道詳情，肯尼斯的興趣頓時大減。這種程度的情報頂多就是街頭流言的等級，實在稱不上有價值。

「——不過，再小的寶石都比未知的大石有價值。與其探尋未知的十三級魔法師，還不如去拜訪已知的十二級魔法師。」

「哦？莫非您認識十二級魔法師？」

這下肯尼斯又有興趣了。雖然低了一級，但十二級魔法師同樣是難以接近的存在。如果能透過帕布結識十二級魔法師，那這趟可就賺大了！

「不，不是十二級魔法師，而是打贏過十二級魔法師的劍士。」

「什……難、難道是……！」

肯尼斯腦海中立刻浮現一個名字。每逢宴會或茶會，那個人的名字總會被提及，所以就算肯尼斯抵達復仇之劍要塞沒多久，也已經聽說了那個人的事蹟。

「沒錯，就是那位破空劍。」

「您竟然認識他嗎！」

「呼呼，是的。您的運氣不錯，破空劍就在樓上。」

肯尼斯驚喜的表情滿足了帕布的優越感，後者一臉得意地低聲說道：

「以那位的身分，自然不可能下來與一般人喝酒。只有足夠高貴的人士才能和他同桌共飲，你說是吧？」

「這是當然！請務必為我引見！拜託你了！」

也難怪肯尼斯如此激動，如果能夠結交破空劍，對他爭取王位絕對有莫大助益。

「呼呼呼，沒問題。因為是您，我才會說的，未來的神聖黎明之王。那麼，請往這邊走。」

帕布側身做出邀請的手勢，肯尼斯激動地點了點頭，然後跟在帕布身後走上二樓。

上了二樓後，可以發現裝潢的豪華度與警備嚴密度全都提高一個等級。想來只有眞正的貴客才能受邀來此吧？肯尼斯努力平息內心的激動，以免等會兒出醜。就在這時，他發現二樓走廊上飄揚著微弱的音樂聲。

「請問，這個是……？」

「啊，這是留音石，一種魔法道具。擴音棒您知道吧？」

肯尼斯當然知道，在需要面對大量聽眾的場合，擴音棒乃是不可或缺的利器，他也用過好幾次。

「您是指刻印功能嗎？」

「沒錯，就是將聲音刻入擴音棒，需要時再放出來的那個功能。留音石就是專門刻印聲音的魔法道具，最近才從侏儒那邊流傳過來。如您所見，想聽音樂時很方便。」

「確實方便……敢問這是什麼曲子？我好像沒聽過……」

「這首歌叫《不可思議的少女》，很好聽吧？」

「嗯……確實不錯。曲調新穎，歌詞也很獨特。」

其實肯尼斯覺得還好而已，但他看帕布似乎很喜歡，所以也就大力誇獎了一番。果然，帕布看起來非常高興。

過了不久，兩人在一扇門前停了下來。

「肯尼斯閣下，破空劍就在裡面。」

「感激不盡。這份恩情我記住了，來日必定報答。」

「呼呼，說什麼報答，太見外了。我們是朋友，不是嗎？」

「當然，我們是朋友。」

肯尼斯毫不猶豫地點頭答道。雖然帕布提到「朋友」時的表情和語氣有點詭異，但肯尼斯沒有多想。

「那麼，我們進去吧，朋友。」

「好的，朋友。」

就這樣，兩人開門進入了房間。

復仇之劍要塞司令部一向忙碌，白天時分，大門口總有眾多人員進出，遠遠望去就像是個擁擠的蟻穴。

由於大量援軍進駐，原本就已忙碌不堪的司令部變得更加混亂。事務的處理量暴增數倍，大門口總是排著看不到盡頭的隊伍，企圖插隊的人、等得不耐煩的人、認爲自己手上事情最急迫的人……類似這樣不守規矩的傢伙經常出現，導致吵架與鬥毆事件頻傳，大門衛兵的數量不得不增加爲原來的七倍。

門口衛兵都如此忙碌了，司令部裡的事務人員自然更加辛勞。每天都有人因爲工作過度而昏倒，加班到胃痛更是常有的事。

「會死……再這樣下去眞的會死……絕對會死……」

波魯多整個人癱坐在沙發上，兩眼無神地看著天花板。

「雖然已經有心理準備了，但沒想到竟然會忙到這種地步……」

坐在對面的阿提莫面露苦笑。

現在是中午休息時間，兩人面前的桌上擺著豐盛的餐點，但因爲太過疲憊，他們根本沒有胃口。

「媽的，爲什麼我非得幫那些傢伙找地方住不可？每個人都擺出一副『我是來幫忙的

所以要感激我！』的施捨嘴臉。有人求你來了嗎？沒地方睡就給我去睡帳篷啊混蛋！」

波魯多咬牙切齒地抱怨，但因爲太過勞累，音量比平時衰弱許多。

「就某方面來說，這也算好事。能夠吸引那麼多貴族蒞臨前線，表示大家都對傳聞中的必勝策略很有信心。如果眞能奪回正義之怒要塞，我們的辛苦也算值得。」

阿提莫建議友人從樂觀的角度看待事情，但波魯多一聽反而更生氣了。

「問題就在於那個必勝策略！我到現在還不知道它到底是什麼！還是說你知道？」

「……不，我也不清楚。」

必勝策略。

這是由人界聯合軍指揮本部提出，號稱「絕對可以奪回正義之怒要塞」的反攻計畫。爲了保密起見，只有極少人知道詳情，而且那些人全都必須在神前立誓並簽訂魔法契約，一旦洩露隻字片語，哪怕是一國之主也會當場橫死。

保密工作做到這種地步，反而令人覺得可信，所以才會吸引大量想要撈取功勳與名聲的貴族，而且不只五大國，連一些消息較靈通的小國貴族也紛紛前來。

「我知道保密工作很重要，可是搞到現在這樣有什麼意義？就連只帶著幾個士兵的小貴族也敢自稱援軍，而且還要我提供房子給他住？開什麼玩笑！去住閃耀者的爐子吧，白痴！」

「嘛，多少會有搞不清狀況的笨蛋，別理他們就行了。喜歡賣弄權勢的傢伙自然會被權勢更高的人修理。現在的復仇之劍要塞最不缺的就是貴族。」

「也對，反正最頭痛的肯定是聖劍那些人，哈哈哈。」

目前的復仇之劍要塞存在著兩個指揮系統，第一個是軍事委員會，統率復仇之劍要塞的既有部隊；第二個名為聖劍，新來的援軍全都歸它管轄，因此這些部隊也被統稱為聖劍軍。

值得一提的是，這兩個指揮系統雖然名義上是平級，但明眼人都知道，聖劍軍的地位肯定更高，因為他們才是反攻正義之怒要塞的主力，必勝策略也掌握在他們手中。

聖劍軍抵達復仇之劍才短短一個月，卻已與軍事委員會爆發數次衝突，原因大多是聖劍軍觸犯了要塞內的治安條令，而聖劍軍上級卻包庇下屬，企圖矇混過關。軍事委員會自然對此極為不滿，就等著看聖劍軍的笑話。

「話說回來，關於那個必勝策略，也不是完全沒有線索。」

「哦？什麼線索？」

波魯多聞言立刻打起精神，姿勢改躺為坐。

「你有看過最近從大後方運來的物資清單嗎？」

「沒有，那又不歸我管。」

波魯多用力搖了搖頭。復仇之劍要塞的物資運輸大多由侏儒軍團負責，矮人軍團主要負責硬體方面的建設。

「我也是偶然打聽到的，最近似乎有大批新型魔法道具進入要塞。這批物資肯定就是必勝策略會用到的東西。」

「新型魔法道具？會是什麼？」

「這我就不清楚了。那批物資受到嚴密保護，沒辦法調查。」

「奪回正義之怒要塞用的魔法道具……是超強力爆裂物嗎？還是對魔族專用的攻擊性武器？或是新開發的大型魔法傀儡？」

為了應對魔界軍的侵略，人界軍內部曾提出許多強化戰力的方案，但最後總因為這樣那樣的原因而遭到擱置。波魯多此時所說的東西，正是過去那些沒有實行的構想。

除了這些之外，還有「用超大型魔導戰略武器從高空狙擊」、「集合全世界的高階魔法師一起發動超破壞魔法」、「引發超大型區域性地震」等不切實際的誇張戰術。爲了奪回正義之怒要塞，人們幾乎將想像力發揮到了極致。

「到時就知道了。與其在這裡瞎猜，還不如把該做的事做好。而且……雖然這時候說這種話不太吉利，但我覺得我們要做最壞的打算。」

「什麼最壞的打算？」

「就是反攻失敗的話，到時該怎麼辦。」

波魯多愕然地看著阿提莫，後者聳了聳肩。

「怎麼了？難道你覺得用了一個名爲必勝的策略，就眞的一定會勝利？戰場之上，什麼事都有可能發生。我才不會相信一個連自己都不知道詳情的計畫呢。」

「……聽你這麼一說，還眞的有種詐欺的味道呢。」

「我有一個絕對可以賺錢的計畫，但說出來就不靈了，只要把錢給我，保證可以幫你賺到數倍的報酬！」——類似這樣的詐騙說詞經常可以聽見，雖然聽起來可疑至極，但不知爲何還是有人相信。

「所以，你已經做好反攻失敗的後備計畫了？」

「是有擬定一些方案，但也只是弄個概略而已。畢竟我不是預言家，不知道未來會發生什麼事。只希望聖劍軍爭氣點，別讓這些後備計畫派上用場。」

「我也希望……話說回來，聽說有個打算跟你搶王冠的傢伙跑過來了？要不要給他找點麻煩？」

「肯尼斯・梵・薩米卡隆嗎？這倒不用。」

「你確定？聽說那傢伙是最有力的王位競爭者，要是在這裡幹掉他，你當國王的機率不就大增了？」

「就是因為這樣，我才不能隨便行動啊。要是肯尼斯在這裡出了什麼事，我絕對是第一個被懷疑的對象。他正是明白這一點才敢過來。何況比起肯尼斯，我更想幹掉當初派人刺殺我的傢伙。」

「到現在還沒找到線索嗎？」

「沒有。不過肯尼斯既然敢來，那犯人應該不是他。」

「唔……會是誰呢……你當時只是個沒用的傢伙，會對這樣的你下手，肯定是個笨蛋吧？」

「眞失禮啊，就不能是對方發現了我體內隱藏的巨大潛力，想要搶先剷除未來的後患嗎？」

「這個笑話不錯，當下酒菜的話，可以讓我喝上一瓶。」

兩人就這樣一直閒聊到午休時間結束，才拖著疲累的步伐回去工作。最後，誰也沒動桌上的午餐。

關於聖劍軍這個名字的由來，在後世有著諸多猜測。

有人說這是神殿勢力的要求，有人說這是爲了從字面意義上壓過復仇之劍要塞駐軍，有人說這是某個國王的奇思妙想，有人說這是五大國刻意混淆軍隊主導權的折衷手法。

區區一支部隊的名字，卻能成爲後世歷史學者的研究題材，究其原因，正是因爲這支軍隊在第二次兩界大戰中有著舉足輕重的地位。

不同於復仇之劍駐軍，聖劍軍的司令部是一頂巨大的營帳，由於經過魔法處理，所以擁有與外表截然不同的防禦力，據說甚至能硬接劍聖的全力一擊。無論這個說法是否眞實，可以確定的是這個營帳肯定價値不斐。

深夜時分，在這頂世界最貴的營帳裡，聖劍軍的最高幹部正在開會。

就像復仇之劍軍事委員會一樣，聖劍軍的指揮權分別掌握在五人手裡，不同的是聖劍軍設有一位最高司令官。

聖劍軍司令名爲奈特・梵・羅傑斯，高齡六十五歲的他雖然滿頭白髮，但精神依舊健旺。此人乃是神聖黎明的沙場宿將，在軍中威望極高，有著「曙光之刃」這樣的美譽。

奈特面前坐著兩人，一位是精靈，另一位是矮人。他們正是聖劍軍精靈部隊與矮人部隊的指揮官。

「最後一批物資已經抵達，所有準備工作已經就緒。」

奈特語氣恭敬地說道，他的態度完全不像是面前兩人的上級，而是下屬。

然而只要是對人界高端力量體系有一點了解的人，就能知道爲何奈特會如此謙卑。

精靈身穿一襲繡有日月星辰與世界樹圖案的華麗披肩，那是唯有精靈長老才能擁有的尊貴服飾。矮人腰間圍著一條造型精巧的金屬腰帶，此乃矮人之國宗教聖地火焰聖殿的象徵，上面鑲著的寶石，代表此人的位階已是主祭。

換言之，眼前的精靈與矮人都是至少十二級的魔法師。哪怕身爲最高指揮官，奈特依然不敢對兩人擺出上司的架子。

人界雖然不像魔界一樣崇尚實力至上主義，但強者總是會有特權的。說得難聽點，就算這兩人當場宰了奈特，也只會受到輕微的處罰，甚至可能只有口頭責備而已。

強者必須特殊對待，所以今晚的會議才會僅有三人。獸人與侏儒的指揮官都是一般軍隊將領，重要性遠不如眼前的矮人與精靈。

「很好。沒出什麼問題吧？」矮人問道。

矮人的名字是索爾．燃鋼，在火焰聖殿的十二主祭中乃是少見的青壯派，矮人的平均壽命大約三百歲左右，今年才九十四歲的他，稱得上年輕有爲。

「沒有。數量正確，品質也很好。不愧是火圖的造物，無論是手藝或製作速度都讓人不得不佩服。」

奈特笑著說道。面對長官的刻意奉承，索爾一臉理所當然地接受了。

「物資集結完成了，那人手呢？」精靈問道。

精靈名為巴羅・月冠，雖然臉龐因衰老而滿是皺紋，但依稀可以看出年輕時應該是位美男子。已接近四百歲的他，在聖樹之心的長老群裡屬於老一輩人物。

「士兵已經全數抵達，但協助者方面……只有當初預計的一半……」

奈特說到後來忍不住露出苦笑。索爾冷哼一聲。巴羅無言地搖頭。

所謂協助者，指的是那些受到邀請而幫忙打仗的強者。說得難聽一點，就是雇傭兵。

嚴格說來，索爾與巴羅其實也算協助者，只是火圖與世界樹給了他們名義上的部隊指揮權。當然，他們不懂也不想管理士兵，那些事情自然會由底下的將領辦妥。

強者與國家政權之間的關係相當微妙，特別是那些具備一人成軍實力的強者。

國家政權不是沒有能力派遣軍隊討伐強者，但那是下策中的下策。強者與貴族不同，就算成功討伐他們，事後也拿不到土地或金錢，自己還要貼上一大筆撫卹金與獎賞，完全是賠本買賣。

對付強者最好的方法是派出另一個強者，所以國家會想盡辦法攏絡強者，而強者也會為了省事而接受國家的拉攏，也就是互相利用，所以才會誕生出火焰聖殿或聖樹之心這樣的集團。

這些集團只是表面上依附於國家，實際上擁有極高的自主權，可以不理會國家的命令。就連這些位於體系內的強者都是如此，那些游離於體系外的強者就更不用提了。

「算了，這也在預料之中。就算只來一半，也足以壓制魔界軍那邊的強者了。」巴羅說道。

「那些傢伙最好不要給我臨時反悔，否則之後必定會讓他們付出代價。」索爾說道。

「兩位說的有理，其實現在的兵力就已經足夠了。」

爲了這次的反攻作戰，火圖的火焰聖殿十二主祭足足派出了三位，世界樹的聖樹之心派了四位長老，巴爾哈洛巴列哈斯的命運之環派出了五位探祕者，神聖黎明的國立魔法學院派出了七名教授，卡蘇曼更是一口氣派出了十幾位武神塔挑戰者。

在過去的戰爭中，人界軍已經掌握了魔界軍的強者數量，所以才會組織出如此豪華的陣容。根據計算，這樣的力量足以徹底壓制魔界軍，就算這段期間有新的魔界強者進駐正義之怒要塞，人界軍的優勢也不會改變。

在那之後，奈特、索爾與巴羅又討論了一陣子的軍務話題，然後就此散會。

只是索爾與巴羅並沒有回到自己部隊的營地，而是在一座距離復仇之劍要塞數十公里遠的山頂再次碰面。對他們這樣的強者來說，這點程度的距離算不了什麼。

在確定沒有人跟蹤或窺視自己後，兩人並肩走向一處岩壁——然後直接穿了過去。岩壁只是幻象，後面其實是一處洞穴。

洞穴的最深處什麼都沒有，只見巴爾伸手在某處石縫裡按了一下，地面立刻綻放光芒。下一秒，兩人便被轉移到一處巨大的密閉空間。

這個空間裡只有一張圓桌與九張椅子，其中七張椅子已經坐了人。巴羅與索爾走了過去，分別坐進最後兩張椅子。

至此——眞理庭園前九席全數到齊。

「上次像這樣大家聚在一起，感覺像是很久以前的事了。」

一名頭髮灰白的人類老者用懷念的語氣說道。

「是六年前吧？不，還是七年？抱歉，上了年紀，記憶力變得不太好。」

另一名侏儒老者接話了。

「好了，別把時間浪費在無聊的感慨上。現在情況怎麼樣了？」

一名矮人說道，最後那句話則是對巴羅與索爾講的。

巴羅與索爾對望一眼，前者做出了一個禮讓的手勢，於是索爾開口說出今晚的會議內容。聽完之後，室內陷入沉默。

「……果然跟眞理之核的計算結果一模一樣。」

「沒來的協助者名單全都在預料之內。眞理之核一如既往地可靠。」

「其他部分也跟計算結果差不多。」

最先開口的，是一名中年金髮精靈、紅髮矮人與灰髮老嫗。

金髮精靈名為凱薩．日冕，紅髮矮人名為布魯克．炎鋒，灰髮老嫗名為奧麗薇亞．西列斯，他們是眞理庭園的一席、二席與三席，而且都是十四級魔法師。

巴羅．月冠與索爾．燃鋼則是第四與第五席。

第六、七、八席都是侏儒，其名字（簡稱）分別是左拉、麥倫、西迪。

第九席則是人類，其名艾里．夏爾莫克。

眞理庭園前九席沒有獸人，這是因爲獸人所走的道路並非魔法之道，無緣晉升高層，但下位序列裡還是有不少獸人成員。

「目前爲止一切順利，看來奪回正義之怒要塞已成定局。」

「麻煩的是之後的事情，我們這次動作太大，肯定會引起一些人的懷疑。要是他們追查下去，我等的祕密很可能暴露。」

「……這也是沒辦法的事，爲了集結足夠戰力，勢必要動用我們明面上的政治力量。」

眞理庭園前九席，除了一個人以外，其他八席都有顯赫的身分。

一席凱薩・日冕既是精靈王族，也是聖樹之心的四大長老之一。

二席布魯克・炎鋒是火焰聖殿六大神官之一，地位比十二主祭更高。

三席奧麗薇亞・西列斯是神聖黎明皇家禁衛軍軍團長。

四席巴羅・月冠是聖樹之心長老。

五席索爾・燃鋼是火焰聖殿十二主祭之一。

六席左拉、七席麥倫、八席西迪都是命運之環的操祕者，地位比探祕者更高階，不過麥倫後來背叛了組織，目前不屬於任何明面勢力。

九席艾里・夏爾莫克是國立魔法學院名譽副校長。

「哎呀，眞不好意思，好像只有我一個人沒派上用場呢。」

麥倫邊說邊聳了聳肩，他在叛離命運之環後便四處流浪，居無定所，九人中以他的行蹤最爲神祕。

「沒那回事，你經常代替大家値班，幫了很大的忙。」

「是啊，尊貴的地位雖然重要，但能夠自由行動的身分更是難得。」

左拉與西迪立刻幫侏儒同胞說話，但其他人對此並無意見。

眞理之核的維護工作是由前九席輪流負責，但大家的表面身分都是一方勢力的大人物，平常事務繁忙，經常會遇到分身乏術的狀況，這時麥倫就會跳出來代爲値班，如果遇到什麼急事，也可以請他出手幫忙。就某方面來說，麥倫是九人裡最不可或缺的存在。

「可能的話，希望別讓我們出手，否則之後會更麻煩。」

凱薩說道，布魯克與奧麗薇亞則是沉默地點了點頭。

他們三人都是十四級魔法師，一舉一動都受到嚴密監視。身爲至強者的他們雖然可以瞞過那些眼睛出來開會，但要是眞的出手，事後會很難解釋。分屬三個不同勢力的他們竟然一齊出現在戰場，任誰看了都會覺得有問題。

「不用擔心。眞理之核本來就沒有把你們計入戰力，即使這樣，計畫成功的機率還是有九成以上。」

「沒錯，你們是最後的保險，用來防範那不到一成的意外。」

眾人對這次的作戰極有信心，畢竟他們可是在眞理之核計算出來的戰力需求數字上，又堆加了整整百分之五十，所以才會有如此多的強者聚集於此。

就在這時，麥倫嘆了一口氣。

「哎，等到奪回正義之怒要塞，還有更多麻煩要處理咧。光是重建基地就不知道要花多久，也不知道我有沒有辦法活到皇冠計畫完成的那一刻。」

皇冠計畫——眞理庭園最核心的研究課題。

這群以探究眞理爲口號的魔法師們，長年以來一直在挑戰只有神明才能染指的領域。

所謂的皇冠計畫，就是用人爲方式控制元素失衡而導致的異化，去除惡性變異，保留良性變異，最後創造出「理想的生命」。

更強大的體力，更深厚的魔力。

更健壯的體魄，更聰穎的頭腦。

更敏銳的感官，更完美的天賦。

以及——更悠久的生命。

一旦皇冠計畫成功，他們就能藉此實現生命的進化，成為站在萬物之巔的完美生物。

這是一個遠大的課題，也是一個困難的課題，就算目前已經成功製造出名為火種的異化生物，但終點仍然十分遙遠。撇開精靈與矮人這樣的長壽種族不談，其他人大多沒把握自己能活到那個時候，特別是三席的奧麗薇亞，她今年已經九十一歲，恐怕再過幾年就會一睡不起。

麥倫的這番話觸動不少人的心弦，場面一時變得有些沉悶。

「……好了，探究眞理的道路原本就是漫長的，我們只能腳踏實地一步步前進。看見了山頂，就以為自己能爬到山頂，此乃愚者之見。然而就算無緣攀至頂峰，過程中也必然能夠獲得些什麼。不是嗎？」

凱薩的語氣悠遠深邃，彷彿在講述某個古老的故事。能夠成為高階魔法師，在場眾人皆是心志堅毅之輩，因此很快就甩脫掉無用的感慨。

「當然，如果那麼簡單就能接近眞理，那這個世界也未免太廉價了。」

「我等的夢想，本來就不是可以容易達成的東西。」

「諸位，努力吧。奪回正義之怒要塞，讓一切回到正軌。」

「「「爲了窮究眞理！」」」

💀💀💀

在許多魔族眼中，智骨是個超級幸運兒。

軍隊是極其封閉的體系，決定一個魔族能否升遷的主要因素往往不是功績，而是靠山有多硬，以及是否能討上級的歡心。縱然魔界崇尚實力至上主義，但只要是魔族就會有私心，只要有私心就無法做出公正的判斷，因此優秀的人才依舊會被埋沒，無能的廢物依舊可以坐上高位。越封閉的體系越容易出現這種狀況，這是制度本身帶有的原罪。

値得一提的是，魔界軍高層很少出現無能者。這是因爲魔界軍經常作戰，那些虛有其表的無能者往往很快就會戰死沙場。當然，凡事都有例外，總有幾個運氣特別好的傢伙可以逃過一劫。

沒錯，就像智骨一樣。

如果智骨不是巫妖女王親手創造的不死生物，怎麼可能一年之內連升兩級，又怎麼可能得到超獸軍團長的青睞，特地借調他當副官呢？偏偏這智骨又是不死生物，不必擔心自己會戰死沙場，這不是運氣好是什麼？

正義之怒要塞內，抱有上述想法的魔族不在少數，至於智骨提出人類補完計畫的創舉，則被他們選擇性無視了。

如果智骨知道他們的想法，肯定會冷笑三聲，叫他們自己來試試看。

黑穹的副官有多難當，只有超獸軍團的魔族才知道。如果不是被夏蘭朵特別強化過，智骨早在上任的第一天就變成一堆碎片了。即使如此，他還是過著天天被打爆的日子，那種死了又活活了又死的痛苦，哪怕是不死生物也會受不了。

除了生命上的威脅，精神上的壓迫也同樣沉重。不管是同僚或長官，都在拚命挖洞給他跳，而且還是那種深不見底、洞中有洞、一洞後面又一洞的鬼畜挖法，智骨自己都不知道是怎麼撐到現在的。

自己這麼辛苦，究竟是爲了什麼呢？爲了活著嗎？可是自己明明是不死生物啊？所以是爲了不要消失嗎？爲了繼續存在嗎？可是既然本來自己就是從虛無中誕生的，回歸虛無不是剛剛好嗎？智骨幾乎每天都會思索這些問題，但不管再怎麼煩惱也找不到答案。

到了最後，萬千思緒會全部濃縮成一句話，那就是——

「眞不想工作……」

望著窗外的天空，智骨發出憂鬱的嘆息。

「「「眞不想工作……」」」

智骨話才剛說完，身邊立刻響起充滿認同的三重回音。毫無疑問，正是他那三位同僚發出的共鳴。

「我能體會你的心情，智骨。只要是正經的魔族，都不會想工作。」

「正經的魔族絕對不會有你這種想法。」

面對一臉認眞說蠢話的克勞德，智骨直接吐槽了。

「工作，多麼可怕的字眼。超越了剝削、凌虐、折磨、壓榨、迫害等各種殘忍行爲的邪惡名詞。這種東西，從一開始就不應該存在於世上！」

「不，那些行爲肯定比工作更可怕。」

面對一臉激動說蠢話的金凰，智骨繼續吐槽。

「其實我每天都在想，自己這麼辛苦工作，究竟是爲了什麼啡？爲了活著嗎？爲了不要消失嗎？爲了繼續存在嗎？可是既然生命本來就是從虛無中誕生的，回歸虛無不是剛剛好啡？」

「你有讀心術嗎！竟然把我的心聲給抄走了啊！」

面對展現出恐怖神技的菲利，智骨用力吐槽。

只要一扯到跟逃避工作有關的事情，克勞德、金風與菲利就會爆發不可思議的感性與能力。要是他們能把這份爆發力用在正經的地方，成就肯定不可限量。

看著針對「魔族爲什麼要工作」的議題而進行熱烈討論的三名同僚，智骨深深嘆了一口氣，然後出聲制止他們。

「夠了，該開始工作了。」

此話一出，克勞德、金風與菲利的激情瞬間萎縮，變得像是突然遭到暴風雪襲擊的熱帶植物一樣毫無精神。對於副官同僚們的表現，智骨感到非常無奈。

之前由於害怕黑穹的怒火，令克勞德等人鼓起了難得一見的幹勁，但這股幹勁來得快去得也快，過沒幾天，他們又回到什麼都不想做的懶散狀態。幸好智骨早就料到這

點，一開始就逼著他們搞定了最重要的部分。

「關於人界軍的反攻計畫，我們目前收集到了這些資料。」

智骨把厚厚一疊文件啪的一聲放到桌上。看著那堆幾乎有半個成年人高的資料，克勞德等人眼底流露出畏懼的色彩。

「很、很不錯不是嗎？沒想到可以收集那麼多。」

「有了這些資料，已經足以彌補我們的失誤了吧。」

「可喜可賀啡！」

智骨搖了搖頭，否定同僚們的樂觀發言。

「雖然收集了很多資料，但內容大多無關緊要，最重要的部分根本沒有打聽到。」

智骨一邊看著眼前的資料，一邊語帶遺憾地說道。

這堆資料大多是聖劍軍的人事介紹，例如這次率軍來援的有哪些將軍、他們過去的戰績、他們的愛好與習慣、他們的身分地位與後台背景、他們與誰關係好不好等等，雖然不能說完全沒用，但能派上用場的也很有限。

「真正重要的，是反攻計畫的發動時間、進軍路線，還有人界會採用什麼樣的戰術。那些才是我們最需要的資料，而不是這堆跟履歷表沒兩樣的東西。」

「我們也沒辦法，人界軍這次的保密工作做得太好了。只有極少數人知道詳情，偏偏那些人我們沒辦法接近。」

「而且一大堆似是而非的消息，什麼傳聞啦、聽說啦、可能啦、好像啦，光是確認這些消息的眞假就差點累死我們。」

「我們已經盡力了啡！能查到這些已經很不錯了啡！」

克勞德等人大吐苦水，但智骨只用一句話就封住他們的嘴。

「這些解釋，你們以爲上面會接受嗎？」

克勞德等人立刻垂下肩膀，答案當然是不可能。

階級社會最無情的地方就在這裡：上級的不合理命令，部下必須完成；部下的失敗理由，上級可以不接受。總之就是有功上面攬，有過下面揹。

「不要洩氣，事情還不到絕望的地步，我們還有機會。」

克勞德三人聞言立刻抬起頭，只見智骨從那堆資料中抽出幾張紙，並把它們攤在桌上。

「看，這就是我們的機會。」

克勞德等人仔細一看，發現這是關於復仇之劍要塞近期的物資清單。

「從外面運來的物資大多都是成箱裝載，而且會註明它們的內容與用途，但是我發現有幾批物資沒有這麼做，像是這個、這個，還有這個。」

智骨邊說邊用鉛筆把他覺得可疑的部分圈起來。

「不就只是單純的走私而已嗎？」

「我們這邊也經常這麼做哦。」

「我的酒釀紅蘿蔔就是這麼偷渡過來的啡。」

再嚴密的管制也會有漏洞，這點不管是軍隊或民間組織都一樣，哪怕是治癒藥水這種戰略物資都會流入民間，更別提一般違禁品了。

「我知道這些可能是走私貨物，但眞的全部都是嗎？」

「什麼意思……？」

「我是覺得，既然人界軍都把反攻計畫的保密工作做得那麼徹底了，會不會連物資也是如此呢？如果他們爲了反攻，準備了一些特別的東西，但要是被人知道那些東西是什麼，就會被猜出作戰計畫的話……」

智骨的聲音越說越低，克勞德等人的眼睛則是越聽越亮。

💀💀💀

天空的雲層有如厚重的布幕，徹底遮蔽了月光。

黑暗中，數道人影在街道上鬼祟地行走，他們刻意避開巡邏隊與光源，以迂迴的方式潛入了倉庫區。

復仇之劍要塞的倉庫區極爲廣大，由於是統一建造，因此每座倉庫都蓋得一模一樣，街道外觀也差不多，初次進入的人很容易迷路。

然而這些人影彷彿非常熟悉此處，腳步絲毫看不出猶豫。沒過多久，他們停在一座倉庫前面。

「就是這裡。用途不明的物資全都堆在這座倉庫。」

智骨指著眼前的倉庫說道。透過心友會的情報網路，他們很輕鬆地查到那些特別物資的存放位置。

「全部放在一起也太顯眼了，如果是走私，應該會做得更隱密一點。」

「所以，把東西偷出來就好了對吧？」

「獎金啡！休假啡！」

克勞德等人一臉期待地看著倉庫，並且露出獵人般的眼神。

智骨的計畫很簡單，那就是偷走一些物資，然後轉交給黑穹，讓她帶回正義之怒要塞。只要研究出這些東西的用途，應該就能推測出人界軍的作戰計畫。如果一切順利，不僅可以抹消先前的失誤，還可以立下大功，獲得獎金與休假。

倉庫大門理所當然地鎖著，如果仔細觀察，還能感覺到微弱的元素波動，顯然此處設有魔法結界。

雖然可以暴力突破，但沒有那個必要。

「鑰匙呢？」

「在這裡啡。」

倉庫的管理者也是「朋友」，因此可以很簡單地拿到鑰匙。智骨越發覺得創立心友會真是一個明智的抉擇，這個基於機緣巧合下誕生的組織，確實帶給他們許多幫助。

插入鑰匙，打開大門，堆滿木箱的昏暗空間頓時映入眾人眼裡。

就在這時，異變突生！

一道寒光突然在黑暗中炸開。下一瞬間，凜冽的寒氣吞沒了智骨一行人，轉眼間，倉庫門口便出現四座冰雕。

「哼，破空劍？不過如此。」

伴隨著輕蔑的話語，一道人影從最初寒光迸發的位置走了出來。

人影輕唸咒語，手中隨即冒出一顆小小的光球。光芒照亮了人影的臉孔，此人竟是「魔杖」丹．路西爾！

「呵，用偷襲打贏別人，有什麼好得意的？有種正面跟他打一場啊。」

另一道聲音響起，「食人花」波娜．艾弗頓從不同角落走了出來。

「不管用什麼手段，贏就是贏。只怪他們自己太過大意，才會這麼簡單就被幹掉。」

反駁的聲音響起，「灰燼之刃」凱莫爾．西薩的身影從黑暗中浮現。

三人走向冰雕，打算欣賞對方臨死前的驚恐表情。就在他們距離冰雕僅剩數步之遙時，三人突然同時停下，然後用力後躍。

下一秒，冰雕轟然炸裂！智骨等人一邊拍掉身上的碎冰塊，一邊從紛飛的冰屑中走了出來。

「……四個人都沒事？」

「這樣才對，大名鼎鼎的『朋友』，怎麼可能這麼容易就被解決掉。」

「有意思，看來可以好好打發一下時間了。」

相對於臉色陰沉的丹，波娜與凱莫爾顯得躍躍欲試。至於這時的智骨等人，則是如臨大敵地打量四周。

「金風，菲利，倉庫裡面還有其他人嗎？」克勞德問道。

「沒聞到。」金風回答。

「我也沒聽到。」菲利回答。

金風擁有敏銳的嗅覺，菲利則是聽覺極爲優異，兩人一起否定了克勞德的提問。至於倉庫外面更不用提，要是有人，他們早在進來前就會發現。

「看來埋伏我們的只有他們三個……我們的身分暴露了嗎？智骨，你覺得呢？」

「……線索不足，無法判斷。總之先打倒他們再說。」

「了解。四對三，我們勝算很大。要怎麼打？」

「我纏住那個魔法師，金風纏住另一個。你跟菲利先合力打倒那個女的，然後再回來幫我們。」

智骨擬定的戰術毫無榮譽或氣度可言，完全只以勝利爲目的。克勞德三人立刻點頭同意了，戰場經驗豐富的他們，也認爲這是正確的做法。

然而，對方比他們更快一步。

丹雙手握住法杖，杖頭的六色寶石突然綻放耀眼光芒。地上瞬間冒出無數條黑暗觸手，緊緊綁住了克勞德、金風與菲利的身體與手腳。就在這時，波娜與凱莫爾同時發動突擊，一起攻向智骨！

智骨及時舉起武器擋住兩人的斬擊，但對方來勢極強，硬生生推著智骨一路向後猛衝，最後撞破牆壁，衝出了倉庫。

克勞德三人大驚失色，連忙扯掉身上的黑色觸手，但不管他們如何用力拉扯，這些黑色觸手還是牢牢地纏著他們。

「呵呵，別白費力氣了。被我的束縛之杖捉住，連飛龍都逃不了，何況是你們？」

丹對著拚命掙扎的克勞德等人露出冷笑。

這根束縛之杖，正是丹・路西爾被人稱爲「魔杖」的原因。

束縛之杖乃是極其強力的魔法道具，只要注入魔力，便能發動一種名爲「陰影囚牢」的魔法，黑色觸手的束縛力量與持有者注入的魔力呈正比。事實上，丹的實力只有輝金級，但靠著這根魔杖，他完成了許多超出自身極限的工作，成功晉升爲烈銅級。

「四聖印啊，其實我很欣賞你。要是你願意殺掉自己的同伴，我可以考慮讓你加入我的隊伍。」

丹的目光落到菲利身上，只見他一邊勸誘，一邊舔了舔嘴唇。

「想得美啡！」

「不要拒絕得這麼快。別指望破空劍會來救你們，我雖然討厭波娜・艾弗頓跟凱莫爾・西薩，但不得不承認，他們的實力在我之上。那兩人一旦聯手，就算是劍聖也不一定贏得了他們。」

丹轉頭望向被撞破的牆壁大洞，語氣堅定地說道：

「今晚，破空劍必死！然後，你們也是！」

雲層不知不覺間散去，清冷的月光灑落大地。

智骨、凱莫爾與波娜保持著武器相抵的姿勢一路猛衝，直到撞上另一座倉庫的牆壁才停止。即使如此，三人的姿勢依舊沒變，只見智骨背靠牆壁，橫劍架住兩人的劍刃。

凱莫爾用的是長劍，波娜則是雙手大劍。身爲烈銅級傭兵，他們所用的武器自然極爲精良，只見兩人的劍刃在月光下泛著耀眼的光澤，光憑目視就能想像它們的鋒利程度。

「怎麼了，破空劍？到現在還不拔劍，是生鏽了嗎？」

凱莫爾一邊露出猙獰的笑容一邊說道。

此時的智骨根本沒有把劍拔出來，而是舉著連鞘長劍抵擋兩人。

智骨之所以這麼做，是因爲波娜與凱莫爾的突襲實在太快，他根本來不及反應，只能反射性地舉起劍，又碰巧這兩人用的都是上段斬擊，所以才會有眼前這一幕。

智骨完全是無奈爲之，但從凱莫爾與波娜的角度來看，對方的行爲簡直傲慢至極，絲毫沒有把他們放在眼裡。

「還不拔劍嗎？還是你想就這樣被我們斬成兩半？」

「你說錯了，凱莫爾，我跟你各砍一劍，所以是斬成三片。」

那你們也要給我時間拔劍啊！智骨很想這麼對兩人大吼，但他也知道這個念頭根本不現實，所以乾脆保持沉默。

就在這時，凱莫爾與波娜突然收劍，兩人分別從不同方向使出了凌厲的斬擊！

凱莫爾與波娜的變招幾乎沒有時間差，默契好得不可思議。兩人的斬擊準確地砍中了智骨，由於力道太過猛烈，智骨撞破了身後的牆壁，整個人掉進了倉庫裡。

凱莫爾與波娜一擊得手後，立刻抽身後退，一臉如臨大敵地擺好架勢。

「……喂，有什麼感想？」凱莫爾問道。

「手感很奇怪。感覺像是砍中鋼鐵一樣。」波娜答道。

「妳也是嗎？看來這傢伙當初沒有玩手段，是眞的用身體擋住了烈風劍聖的攻擊。」

「只要鍛鍊到極致，戰士的肉體也能跟鋼鐵一樣堅硬……我還以爲那只是無聊的傳說呢。」

「鋼鐵之軀，還有足以同時壓制我們兩人的臂力……哼，看來這傢伙的實力在我們之上。剛剛那一劍，也是故意不躲的吧。」

「想讓我們知道彼此間的實力差距嗎？去他媽的混蛋，夠囂張。」

「別怕，還有勝算。我們的速度比他快，而且他的劍術水準沒有強到可以同時對付我們兩人。」

「誰怕了？晚點敢上我的床嗎？」

「嘿，可以。剛好讓我看看妳這些年長進了多少。」

凱莫爾與波娜在很久以前曾是同一隊伍的成員，既是情侶，又同為天賦卓絕之輩的他們，曾經苦心研究出一套聯手劍術，專門用來對付強於他們的敵人。只是後來兩人分手後，就很少有機會使出這套劍術，所以知情者並不多。丹說他們聯手足以匹敵劍聖，這句話絕非虛言。

「兩位……」

這時智骨從牆壁破洞裡走了出來。身爲骷髏的他，身上當然沒有因爲剛才的攻擊而留下傷痕，這也讓凱莫爾與波娜更加相信自己的判斷。

「那個，或許我們之間有些誤會，我建議大家先放下武器冷靜一下，然後坐下來好好談……」

回應智骨的是兩道角度刁鑽的高速斬擊，強烈的衝擊力逼得智骨倒退好幾步。

「等、等等——！」

凱莫爾與波娜完全不理會智骨，只是不斷地揮劍猛砍。頭顱、眼睛、後頸、咽喉、心臟、肝臟、手腳關節……兩人的攻擊全都針對人體要害或關鍵部位，而且無一失手。那狂暴的攻勢，簡直就像鋼鐵的風暴。

智骨完全找不到反擊機會，只能一邊用身體硬接對方的攻擊，一邊在心裡痛罵自己的同僚。

那三個傢伙在幹什麼啊！

事到如今，智骨只能把希望寄託在克勞德等人身上。他的策略很簡單，那就是用自己的不死身拖延時間，等同僚們打倒那個魔法師後，再過來支援他。

雖然智骨在被推出倉庫前，親眼看見克勞德等人中了未知的魔法，但他相信那些傢伙肯定有辦法處理。

除了負責警備工作的狂偶軍團外，其餘三大軍團經常在假日的正義之怒要塞街頭進行大亂鬥，以互毆的形式傳達他們彼此之間的戰友情誼。克勞德等人跟魔道軍團交手的次數多得數不清，對於如何應付魔法師有著相當豐富的經驗。

就在智骨埋怨克勞德等人動作太慢的這段時間裡，他已經被砍了超過百劍。要是換成活人，早就變成一堆碎肉了，但他是不死生物，所以沒關係。凱莫爾與波娜雖強，但攻擊力遠遠不及黑穹，如果有必要，他可以躺著給他們砍上一整天。

如果要說哪裡有問題，那就是夏蘭朵幫他安裝的感覺分析系統有點煩，因爲它不斷地在警告智骨哪裡中劍了，應該裝出很痛的樣子，但此時的智骨沒空演戲，於是乾脆無視系統的提示，面無表情地承受了狂風暴雨般的斬擊。

然後——凱莫爾與波娜退開了。

他們一邊大口喘氣，一邊驚懼地看著智骨。他們不僅體力消耗大半，武器也砍到變鈍了，但對方依舊毫髮無傷。那淡然的表情，彷彿在嘲笑他們的攻擊不值一提，連防禦都不用防禦一樣。

「怪物……！」

「這就是烈銀……不，烈金級的實力……」

沒人知道破空劍究竟是什麼等級，一般人都認爲他應該是烈銀級，但凱莫爾與波娜

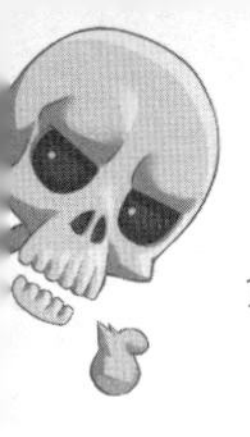

很清楚，眼前的黑髮男人絕對不是烈銀，而是在那之上的存在。

事實上，凱莫爾與波娜完全弄錯了。如果他們知道智骨其實是不死生物的話，多的是辦法可以對付他，情報上的不對等，令他們選擇了最不適合的戰術。

「為什麼不拔劍？為什麼不反擊？」

凱莫爾表情猙獰地喊道。因為疲勞與反震力，他的雙手正微微顫抖。

「你想暗示什麼？我們很弱？你很強？混帳！你要羞辱我們到什麼時候！」

波娜也跟著大吼。她的狀況比凱莫爾更差，必須以劍拄地才能保持站立。

面對兩人的質問，智骨不知道怎麼回答，索性繼續重複先前自己說過的話。

「不是，我說過了，我們之間可能有些誤會，大家冷靜地坐下來談一談……」

「——沒有誤會！」

一道聲音響徹夜空，打斷了智骨的勸告。

四周街道與屋頂突然冒出許多人影，包圍了智骨、凱莫爾與波娜。人影的數目超過三十，其中有三分之一散發出懾人的氣息。至於一開始出聲的那個人，正站在最靠近三人的屋頂上。

此人正是獸人劍聖——豪閃．烈風！

見到這等陣勢，智骨那不存在的心臟立刻凍結了。

光是凱莫爾與波娜他就已經應付不來，更何況這些援軍？而且帶隊者還是豪閃這樣的強者。除非黑穹剛好趕到，否則智骨等人今天肯定會全滅於此。

世上哪有這麼巧合的事……有嗎？有吧？拜託一定要有啊啊啊啊啊啊！

智骨慌張地左右張望，可惜現實是殘酷的，他完全找不到黑穹的身影。

這下完了，智骨心想。他仰天長嘆，感慨自己的一生竟然如此短暫。他回想自己是否還有什麼未完成的遺憾，最後只想到床底下那罐還沒拆封的骨頭亮光臘。那是他好不容易下定決心買回來的高級貨，沒想到還沒用就要死了，實在無奈。

「這裡已經被我們徹底封鎖，你們逃不掉的，快點放下武器投降！」

豪閃大喊，四周人影也同時舉起武器威嚇。仔細一看，這些人有的是戰士，有的是魔法師，而且站位講究，組成了一道毫無破綻的包圍網。

拚了！智骨閉上雙眼，準備使用自爆魔法。雖然可能會在唱完咒文前就被幹掉，但

總比什麼都不做來的好。

「事到如今還想頑抗到底嗎？凱莫爾・西薩、波娜・艾弗頓！」

咦？智骨立刻中斷詠唱，錯愕地看向豪閃。

只見豪閃一臉憤怒地瞪著凱莫爾與波娜，那兩人則臉色蒼白地回瞪著豪閃。

「……原來如此，這是陷阱！」

凱莫爾咬牙說道。

「沒錯！難道你們以爲你們到處打聽物資儲藏地點的事很隱密嗎？我們老早就收到消息，所以設下了這個局，好確認你們想幹嘛。」

豪閃點頭承認了。

「你們是怎麼知道我們什麼時候會來？誰出賣了我們？丹・路西爾嗎？」

「哼，放心，他跟你們是一夥的。其實很簡單，只要在倉庫裡設置一點簡單的機關就夠了。雖然丹・路西爾有辦法讓警報魔法失效，但他不懂侏儒的機關工程學。」

「……難怪丹那傢伙用魔法偵察這附近的時候，什麼都沒發現。你們當時根本就不在這裡，而是躲在被窩裡睡大覺。」

凱莫爾恍然大悟。

「先派破空劍拖住我們，然後你們再一邊集合，一邊包圍這裡。很好！眞是好算計！」

豪閃聞言突然大笑。

「你又錯了，凱莫爾·西薩。破空劍不是我們的人。」

「不可能！不是你們的人，爲什麼他會出現在這裡？」

「這你就要自己問他了。」

凱莫爾立刻轉頭狠狠瞪著智骨，一臉激動地問道：

「爲什麼？爲什麼你會出現在這裡？如果不是你，我們早就成功了！」

智骨當然不可能老實回答，更何況他現在完全搞不清狀況，於是只好繼續保持沉默。

凱莫爾仍然不斷叫囂著，要求智骨給他一個答案。至於波娜從頭到尾都沒有開口說過一句話，只是緊抿著嘴。

「夠了！」

豪閃大聲喝斥，同時散發出可怕的殺氣。

「現在換我問了！你們兩個，爲什麼會出現在這裡？」

「因爲好奇！我們只是想知道這些東西到底是什麼而已！」

「這種差勁的藉口你們以爲我會信？別忘了，這座要塞現在聚集了一大堆厲害的魔法師，他們有的是辦法讓人說實話。」

「心、心靈系魔法是違法的！」

「放心，我手上也有能讓人乖乖坦白的好藥。把你們打個半死之後再灌下那個，結果也一樣。」

「咕……！」

「怎麼樣？你選哪個？」

豪閃的殺氣變得更加強烈，周圍人影跟著發出殺氣，表明他們已經準備要動手了。

「你們根本什麼都不懂！」

就在這時，一直沒有說話的波娜突然大吼。

「明明一點準備也沒有，就喊著要反攻正義之怒要塞，你們想讓世界毀滅嗎？因爲你們這些自以爲是的傢伙，我們之前才會打敗仗！可是你們完全沒有學到教訓，又打算重複同樣的錯誤！」

「笑話！什麼都不懂的是妳！奪回正義之怒要塞，趕走可恨的魔族，這才是守護世界的唯一方法！」

豪閃立刻反吼回去。

「守護個屁！要是讓你們得逞，世界就眞的完了！」

「哼，所以你們想要阻止我們？打算燒掉倉庫，摧毀物資，妨礙大軍出擊？」

「沒錯！爲了這個世界，你們最好統統去死！」

波娜說完立刻衝向豪閃，凱莫爾見狀連忙跟上。面對兩人的突擊，豪閃面露冷笑舉起了手中的大劍。

下一秒，閃光炸裂！

光芒撕裂了黑夜，倉庫區瞬間變得明亮有如白晝。然而這道光芒僅僅維持不到三秒，當此地重回黑夜的支配時，凱莫爾與波娜已經變成了沒有生命的屍體。

豪閃沉默地注視著兩人的屍體，過了一會兒，他的目光落到了智骨身上。

輪到我了嗎！智骨心中一凜，同時暗嘆自己的失策。剛剛光顧著聆聽他們的對話，結果忘記詠唱咒文，如果剛才他能趁機來場華麗的自爆，在場的人肯定會身負重傷。

就在智骨做好覺悟時，豪閃突然收起了劍。

「回去吧，這裡沒你的事了。」

「咦？」

「我說，你可以走了。」

豪閃不耐煩地說道。智骨雖然心中疑惑，但沒有放過這個脫身的好機會。

「……我的同伴呢？」

豪閃用下巴指了指，智骨順著對方指示的方向轉頭一看，發現克勞德等人正站在那裡對自己揮手。

既然克勞德等人沒事，那個魔法師肯定凶多吉少了吧？一想到這裡，智骨想要盡快脫離此地的心情變得更加強烈。

「那麼，請恕我等失禮，先行一步了。」

智骨對著豪閃微微躬身行禮，然後走向克勞德等人。克勞德等人看起來都沒有受傷，智骨對他們使了一個眼色，三人會意地點了點頭，然後不發一語地跟著智骨一起離開。

「師父，這樣好嗎？」

當智骨等人離開後，一道人影走到豪閃身邊問道。

那是一名強壯的獨眼獸人，體型甚至比豪閃高大。他的名字叫剛武．惡嵐，既是豪閃的左右手，也是他的弟子，在公眾場合以外的地方，剛武都直接稱豪閃爲師父。

「破空劍跟那幾個蠢蛋無關，不然他們也不會打起來。」

「但也不能就這樣放他們走吧？既然破空劍跟他們不是一夥的，那他爲什麼會在晚上跑來這裡？這些事有必要搞清楚。這裡還有其他人在，您私自把人放走這件事很快就會流傳出去，對您的未來很不利。」

豪閃雙手抱胸，哼的一聲笑了出來。

「剛武，你還太嫩了。」

「是，還請師父賜教。」

「剛才的戰鬥你應該看得很清楚吧。你以爲破空劍爲什麼一直站在那裡挨打，完全不還手？」

「……不是爲了表現自己的強大，好打擊敵人的鬥志嗎？」

「白痴。想炫耀力量有的是方法，根本沒必要呆站在那裡給別人打。再說，你怎麼知道敵人有沒有藏著什麼厲害的底牌？一個不小心，死的就是自己。」

「是我淺慮了。可是照您的說法，破空劍那樣豈不是很不合理？」

「是爲了說服。」

「說服……？」

「灰燼之刃他們到處打聽特殊物資儲藏地點的事，想必破空劍也知道了。他是爲了阻止那些傢伙做傻事，才會出現在這裡的。」

「爲了阻止他們？那又爲什麼要……」

「剛武，這就是你與破空劍的差距，也是眼界的差距。」

「恕我愚昧，不懂您的意思。」

「哼……這樣說吧，如果你有一個很看好的部下，而且發現他打算做出像灰燼之刃今晚這樣的傻事，你會怎麼辦？」

「揍到他清醒爲止。」

「……所以說你不行啊。」

豪閃嘆了一口氣，然後抬頭望著夜空中的月亮。

「用力量折服肉體很簡單，但力量很難折服一個人的心。照你的做法，對方只會頑抗到底，甚至不惜一死。你雖然阻止了罪行，卻也失去了一個有力的部下。」

「您的意思是……破空劍想讓他們悔悟，所以自願挨打？」

「沒錯。爲了表示自己沒有敵意，爲了表示自己眞的是爲了對方著想，破空劍選擇了最麻煩的方式。別看灰燼之刃剛才砍得那麼凶，等他們累了，冷靜下來了，就會感受到破空劍的誠意，願意跟破空劍交心。到了最後，恐怕破空劍眞能說服他們，並且獲得他們的信賴。」

「……眞有那麼簡單嗎？」

「簡單？不，一點也不簡單。我先前不是說過了，這可是要賭命的。換成是你，敢站在原地給人隨便亂砍嗎？哪怕對方只是普通士兵？」

「……弟子不敢。」

剛武對自己的肉體再有自信，也不敢輕易嘗試那麼危險的事，要是一不小心被砍中要害，就算是普通士兵也足以讓他身受重傷。

「沒錯，你不敢。可是我敢，所以我才能理解破空劍的做法。一旦他成功了，就能獲得灰燼之刃他們的忠誠。聽好了，那可是兩個烈銅級傭兵，烈銅級哦。」

「既然這樣，那您爲什麼不……」

「我也有我的立場，而且還有其他種族的人在場，我沒辦法放過灰燼之刃他們。可惜啊，要是我們來得晚一點，破空劍或許就能說服他們，到時這件事就能以誤會帶過，我們也不會損失三個烈銅級傭兵了。」

「所以從大局來看，破空劍是爲了避免我方遭到更多損失，才會那麼做的嗎？」

「沒錯，所以我才說這不只是實力，也是眼界的差距。」

「可是，按照正常程序，還是要讓破空劍跟我們回去一趟，至少寫一份解釋文件……」

「你是閒混太久，腦袋混到變傻了嗎？」

「欸？絕、絕無此事！」

「程序？文件？只有無能的笨蛋才會在意那種東西。告訴你吧，無論破空劍有沒有跟我們回去，都肯定不會被處罰。既然結果一樣，他爲什麼要浪費時間跟我們走一趟？」

「這、不會被處罰？怎麼可能……」

「破空劍可是與我同級的強者。假設我跟他處境互換，你覺得有人敢處罰我嗎？有人敢因爲違反程序這種小事得罪我嗎？」

「當然不會！」

「除非破空劍有明確的叛逆事證，否則在這個時間點上，沒人會想跟他交惡，就連我也一樣。在戰場上，除了小心眼前的刀槍，更要提防背後的冷箭，多一個朋友絕對比多一個敵人更好。」

「是！受教了！」

「你被人類那一套影響太深了。你想放棄挑戰武神塔，改當一個庸碌的文官，從此虛度一生嗎？」

「弟子知錯！」

剛武立刻下跪，他臉色蒼白，額頭流滿冷汗。豪閃的訓斥讓他警覺到自己竟在不知不覺間走上歧途，背離了眞正的強者之路！

「起來吧。看在你還算有點天賦的份上，我才會提醒你，否則早就叫你滾了。」

「多謝師父！」

「破空劍的事結束了，可是我們這邊還有得忙。接下來要做什麼，你應該知道吧？」

「是！調查究竟是誰指使灰燼之刃他們！」

「交給你了，我先回去。」

「是！」

剛武躬身行禮，然後跳下屋頂，帶著一群人匆匆離去。豪閃抬頭望著皎潔的月亮，眉頭逐漸皺了起來。

灰燼之刃、食人花、魔杖都是烈銅級傭兵，像他們這樣的豪傑竟會一起聯手妨礙反攻作戰，這絕對不可能是巧合。三人都抱有相同的理念？那種事更不可能。最合理的推測，就是某人雇傭了他們。

能夠同時雇傭三名烈銅級傭兵，而且還能讓他們至死不退，幕後黑手的勢力肯定非同凡響。

是主和派暗中作祟嗎？還是某些人想獨吞奪回正義之怒要塞的功勳，準備陷害他們？對方還有其他計畫嗎？越是思考，豪閃的心情越是煩躁。

即使大戰近在眼前，復仇之劍要塞的暗流仍未停止。

智骨的化妝 1.0

首先，牢牢綁住目標。

用工具處理全身骨頭。
不要！
快停下來！
太、太粗了！別把那個東西插進去！

美少女就此
誕
生

就是這樣，您覺得如何？
過程是不是省略了一些東西？

03.
號角吹響

倉庫事件結束後，智骨等人的生活完全沒有受到影響。

「已經三天了，應該沒事了吧？」

金風樂觀地說道，但克勞德卻不這麼認爲。

「不可大意。他們很可能是爲了痲痺我們，說不定等會兒一打開門，外面就有一堆士兵在等著我們。」

克勞德一邊說出不祥的預言，一邊神色凝重地看向房門。

眾人此時正待在旅店房間裡，雖然這裡的侍者有大半已經加入心友會，有什麼事會幫忙通風報信，但要是對方出動軍隊，身爲普通人的他們會在一瞬間就被制伏，沒辦法提供警告。

「我是覺得要對我們做什麼的話，那天晚上就該動手了。我們應該可以出門活動了吧？整天躲在房間裡面好無聊啡。」

菲利說完伸了一個大大的懶腰，智骨眼神冷漠地對他說道：

「不要光憑猜測行事，就像那天晚上一樣。」

「哎，那是因爲我們信任你啊。我們想說才兩個人類而已，你一定沒問題的啡。」

「你要我一個魔法師同時對付兩個戰士？在已經被人近身的狀況下？」

「如果是智骨你就做得到啡。」

「還眞是謝謝你對我這麼有信心啊！我差點被當場幹掉！」

潛入倉庫的那晚，克勞德等人中了魔法無法動彈，智骨原以爲他們很快就能脫身，卻一直等不到他們的支援。後來智骨才知道，克勞德等人當時竟然也是抱著同樣的打算，他們心想反正智骨打倒敵人後就會過來解救他們，索性放棄了抵抗。

「別生氣了，智骨。後來不是證明我們的做法沒錯嗎？要是我們當時恢復魔族原形，後來可就麻煩了。」

「沒錯，那群人冒出來的時候，我們眞的全部嚇一大跳。竟然用魔法隱身接近我們，眞是卑鄙。」

「到時就換我們被圍毆，然後當場戰死啡。」

後來「魔杖」丹．路西爾是被豪閃帶來的人打倒的，對方有十幾個人，而且全是一流好手，裝備齊全，隊伍編制合理。要是眞打起來，克勞德等人就算恢復魔族原形也很難突圍。

「只能說多虧魔神保佑嗎……」

智骨重重嘆了一口氣，雖然波折不斷，但幸好最後的結果是好的。

「接下來該怎麼辦？」克勞德問道。

「當然是繼續收集情報。」智骨說道。

「朋友們傳來的消息好像沒什麼用。」金風說道。

「大多是重複的或無法證實的消息啡。」菲利說道。

人界軍這次的保密工作做得極為嚴密，智骨等人一直無法接觸真正的核心資料。

「我覺得光憑我們，做到這樣已經是極限了。」

克勞德表情沉重地說道，其餘三人聽完也露出類似表情。

「……只能那麼做了嗎？」

「啊啊，老實告訴黑穹大人，請她幫忙吧。」

「雖然會被打，但總比任務失敗來的好啡。」

如果黑穹出手，肯定能從倉庫裡面搶走那些祕密物資，但在那之前他們肯定會被黑穹斥責，而且有很高機率挨上一巴掌。

「說到這裡，黑穹大人怎麼還沒回來？」克勞德說道。

「可能那個緊急任務很麻煩吧。」智骨答道。

之前黑穹送完補給物資後，只說有一件很重要的緊急任務要處理，接著就一去不回了。由於黑穹臨走前沒有說明究竟是什麼任務，因此智骨等人完全不知道霸龍大公突擊視察了正義之怒要塞一事。

「……我說智骨，有沒有讓黑穹大人願意幫忙，又不會惹她生氣的法子啊？」

金風突然說道。

「哪有那麼好的事。」

「應該有吧？就是那個嘛，稍微修飾一下報告，讓黑穹大人以爲一切盡在我們掌握之中什麼的。這樣一來，我們就不用挨打了。」

「你也太小看黑穹大人了吧。」

雖然黑穹每天都過著吃了睡，睡了吃，無聊就找人打架，沒事就折磨士兵的生活，但絕對不能因此就覺得她很好騙。

事實上，黑穹處理公文速度極快，而且不會放過其中任何一項錯誤與疏漏，由此可

見她的觀察力之強。龍族智力非常高，黑穹平常不做正經事，是因爲她不想做，而不是不會做。

「世上沒有完美的謊言，要是被黑穹大人發現我們僞造報告，你覺得會發生什麼事？」

「……抱歉，我錯了。請忘掉我剛才說的話，拜託。」

一邊是可能會死，一邊是絕對會死，要選哪邊根本不用考慮。金風爲自己的不謹慎道歉，希望大家千萬別把這件事對外宣揚。

「總之等黑穹大人回來，所有問題都可以解決，我們要做的，是心理與生理上的準備。」

「心理準備是指挨罵吧。」

「生理準備……原來如此，治癒藥水！」

「得事先準備能讓我們活下來的分量才行啡。」

克勞德等人連忙把手上的治癒藥水偷偷扣留了一部分，等到被黑穹責罰時，作爲保命道具使用。由於治癒藥水對不死生物無效，所以智骨只能自求多福。

只是，所謂的意外總是來得極爲突然。就在智骨等人決定對黑穹坦白的當天下午，他們收到了一份來自軍事委員會與聖劍軍的聯名通告。

明天全軍出征，目標正義之怒要塞！

💀💀💀

一反昨日的晴朗，今天的天空是厚重的鉛灰色。

數量大約五百人的武裝集團佔據了復仇之劍要塞的大廣場，這些人神色精悍，鬥志昂揚，然而身上裝備卻沒有統一的形式，有人穿著造型誇張的重鎧，有人穿著簡陋的皮甲，看起來就像一支雜牌軍。

他們其實是傭兵部隊，而且還是由三十支以上的隊伍組成的混合軍。由於是臨時拼湊而成的集團，所以也無法期待協調性或紀律之類的東西。此時明明是在整隊，但每個人都在聊天，有人甚至當場抽起了菸斗。

身爲部隊指揮官的智骨既無力管也不想管，隨便這些人愛怎麼樣就怎麼樣，因爲他

現在還有更重要的事情要做。

「有辦法嗎？」

智骨低聲詢問身旁的副官同僚們。他用的是魔界語，加上此時人聲吵雜，所以不怕被其他人聽見。

「不行，完全找不到漏洞。」

「要逃跑，恐怕只能等到出城之後了。」

「還是按照原訂計畫吧，現在不管做什麼都會引人注目啡。」

克勞德等人搖頭說道。

昨天下午，復仇之劍要塞陷入了空前的忙碌狀態。由於軍事委員會與聖劍軍那突襲式的出征通告，所有部隊立刻整裝備戰，要塞氣氛變得格外緊張。

與其他正規軍不一樣，傭兵部隊沒有營地，而是在要塞裡自己找地方住。之所以會出現這種怪異的情形，是因爲要塞外面沒有適合的紮營地點。更正確的說法，是適合紮營的地方都已經被聖劍軍佔據了。

上面心想反正這支部隊本來就是鬆散的聯合集團，而且人數不多，所以乾脆不設營地，允許他們在要塞裡找地方住。至於安全問題也不用考慮，此時的復仇之劍要塞可謂強者如雲，要是這些傭兵敢鬧事，有的是人可以直接滅掉他們。

智骨等人原本非常歡迎這項決策，因爲這給他們帶來了不少便利，然而現在這項決策反而捆住了他們的手腳。

收到出征通告後，智骨等人原本打算連夜逃回魔界軍，沒想到復仇之劍要塞竟然已經進入了戒嚴狀態。除非有軍事委員會與聖劍軍的手諭，否則任何人都不准離開要塞，違令者當場格殺！

在這種情況下，智骨等人當然無法出城，只能隔天一早乖乖集結部隊，等候上面通知。

智骨等人已經決定出城後，便想辦法脫離部隊，然後全力逃回正義之怒要塞。

「到時記得一起行動，別走散了。」

「重點是，我們到時有辦法脫離部隊嗎？會被追殺吧？」

「放心，他們還沒接近邊境線就會被發現。」

「只是我們回去之後肯定會有麻煩啡……」

這次的出征，復仇之劍要塞總共出兵一萬人。

萬人規模的軍團移動必然聲勢浩大，魔界軍在邊境線派有大量的巡邏部隊與監視用魔法道具，人界軍一旦進攻，正義之怒要塞就會第一時間做出反應。然而這樣一來，開拓小隊的任務也等於徹底失敗，事後免不了受到懲處。

「……話說回來，才一萬人就想反攻正義之怒要塞，他們也未免太有自信了。」智骨說道。

當初正義之怒要塞落入魔界軍手中後，人界軍曾經發動過一次大規模反攻作戰，人數高達五萬人，但最後還是被魔界軍擊退了。

「不是說這次有大量的高階戰力參戰嗎？如果他們有很多足以匹敵黑穹大人的強者，一萬人就很夠了。」克勞德說道。

「強者之間的戰鬥……真希望別被捲進去……」金風說道。

「那種死法是最糟糕的啡。」菲利說道。

身為軍人，戰死沙場並不可怕，可怕的是死得毫無價值。

若有兩名勢均力敵的強者交手，為了打倒對方，他們自然會專注於戰鬥，無暇顧及其他，如此一來，他們的戰鬥餘波自然無可避免地波及友軍。

什麼都還沒做就被自己人誤殺，世上恐怕沒有比這更讓人遺憾的死法了。

「……就算這樣，我覺得一萬人還是太少了。」

就算人界軍有很多匹敵黑穹的強者，這樣的軍隊數量仍然不足以攻下正義之怒要塞。智骨之所以如此篤定，就是因爲魔導武器的存在。

當初人界軍發動第一次反攻時，遭到了正義之怒要塞的魔導武器迎面痛擊，因此損失慘重。

最早魔界軍奪下正義之怒要塞時，魔導武器受到嚴重破壞，人界軍認爲魔界軍只是得到一座沒用的空城，所以才敢發動反攻。然而人界軍怎麼也沒料到，魔界軍竟然能在短時間內修復正義之怒要塞的魔導武器，以致大敗而歸。

附帶一提，將魔導武器修好的人正是魔道軍團。

只要正義之怒的魔導武器仍能運作，就足以匹敵好幾位黑穹等級的強者。若是再配合魔道軍團的戰略級集團魔法，防禦力還會再上升一個階位。

難道說，人界軍集結了足以輾碎這一切的高階戰力？不可能吧？那可是相當於八大

軍團總體高階戰力啊……不可能……但是……難道真的……？

就在這時，一道人影進入了廣場，打斷了智骨的思緒。

來者正是豪閃，智骨立刻上前迎接。

「烈風大人，部隊集結完畢。應到七百六十二人，實到七百六十二人，請您點閱。」

豪閃目光掃向面前的傭兵部隊，原本散漫的傭兵們立刻收斂態度，端正姿態，於是部隊狀況看起來比剛才好了一點——真的只有一點而已。

豪閃點了點頭，他沒有責備智骨管教無方，期待傭兵能表現得像正規軍一樣本來就不現實，能讓這群人待在一起而不鬧事就已經很不錯了。

「我來傳達這次作戰的細節。」

「由您親自傳達……？」

「呵呵，是不是很奇怪？不只是你，所有的部隊——嗯，除了聖劍軍以外——都是由我直接傳達細節的。」

「這也未免太沒效率……而且臨行前才……爲什麼不昨天就召集我們這些指揮官，直接宣告呢？」

「因爲事關重大，這次作戰用了只能執行一次的奇策，只許成功不許失敗，所以才會做到這種程度。其他部隊我已經跑了一遍，你這裡是最後一站。」

「了解。請您下達指示。」

豪閃舉起右手，於是立刻有一群士兵推著推車走進廣場，推車上載著許多鐵箱。這些士兵卸下鐵箱，從裡面取出了像是項鍊一樣的東西，然後逐一發放給傭兵們。豪閃從一名士兵手中接過項鍊，再將它交給智骨。

「戴上，然後好好保護它。這就是本次作戰的核心。」

「……魔法道具？」

「正是，它的作用是避水。」

「避水……？」

「對，避水。它可以製造一層隔水護盾，把水隔絕在體表外數公分的地方，衣服與鎧甲也在它的保護範圍內，這樣一來，就不怕因爲衣物吸水而妨礙行動，也能防止喪失體溫。當然，它還能減輕水元素魔法的傷害……對了，它沒辦法讓你在水中呼吸，所以別做蠢事哦。」

豪閃開了一個小玩笑，但智骨笑不出來。

這個魔法道具怎麼看都是爲了某種特定戰場環境而存在的東西。但是，那怎麼可能？

「……請問，爲什麼要戴著這個上戰場？」

智骨一邊詢問，一邊祈禱事情並非如他猜想的那樣。然而還沒等到豪閃回答，天空就已經先給出答案。

下雨了。

天色變得更加陰沉，由鉛灰化爲墨黑。

狂風呼嘯，雲層流動得極爲激烈，風中夾雜著豆大雨點。任何人都看得出來，不久之後必然會颳起一場暴風雨。

騎在獨角獸上的巴羅抬頭望向天空，嘴角忍不住上揚。

「如同預計的一樣，再過半小時，暴風雨就要來了。」

巴羅身邊突然響起了聲音。

雖然身處行軍隊伍之中，但巴羅的周圍並沒有人，基於對十三級魔法師的敬畏與尊重，士兵們全都離他遠遠的。

「索爾嗎？你不待在矮人部隊，跑來我這邊幹什麼？」

「就算待在那邊也沒意義。等通過邊境線，才有我們出場的機會。老實講，我眞想直接飛去第一防線。」

「所以你留了分身，自己跑來這邊跟我聊天？這更沒意義，你還不如直接飛去第一防線。」

「別生氣。你是擔心有人看見我們待在一起，會聯想到我們其實認識，進而察覺眞理庭園的存在吧？放心，要是眞有可以看穿我法術的人，我反而歡迎。」

「……誘餌嗎？你想揪出隱藏身分混入軍隊的強者？」

巴羅一下子就看穿了索爾的意圖。

「正是如此。我可不覺得五大國會老實地派出高階戰力，他們肯定偷偷混了幾個人進來，打算暗中做些見不得光的事。」

「呵，還能是什麼事？無非是下手暗算盟友，或是提防盟友暗算自己罷了。」

巴羅冷笑。

對於那些習慣了陰暗思想與手段的卑劣政治家來說，這場戰爭是一個削弱他國高階戰力的好機會。戰場上什麼事都可能發生，只要能趁亂幹掉他國一位高階戰力，哪怕無法奪回正義之怒要塞，這場戰爭就算是賺到。

無私合作這種事只存在於童話裡，高位者的貪婪與短視總能搞砸一切好事。巴羅活了將近四百年，類似的事情他已經看得太多。

「哎呀，他們會有這種想法，也是因爲我們在後面推了一把，就別太苛責了。不過那些底細不明的傢伙還是能揪出來就揪出來，這樣對大家都好。」

索爾嗤笑。

眞理之核在擬定作戰計畫時，早已把這些大人物的陰暗心理也計算在內。正因如此，這次的出兵計畫才會那麼容易通過。

「……算了，別說這些會讓人心情變差的事了。另一邊的情況呢？」巴羅問道。

「一切正常。到達第一防線後，就會啓動幻象。」索爾答道。

暴風雨中的奇襲——這便是此次反攻作戰的核心。

正常情況下，由於天氣預測法術的存在，敵我雙方都能掌握氣候的變化，並且提前做好準備，所以就算知道會有暴風雨，也很難運用在奇襲戰術上。

然而，凡事總有例外。

由於「門」的存在，此地元素濃度極高，而且異常混亂。高濃度元素會影響環境，進而導致突發性的氣候異常現象，例如暴雨、大雪、濃霧、龍捲風等等。

眞理庭園在此地紮根多年，借助眞理之核的超高計算能力，他們已經能夠預測這片地域一定程度的氣候變化。

在暴風雨之日發動奇襲有許多好處。

首先，是正義之怒要塞的魔導武器會被弱化。魔導武器相當精密，若是在暴雨或沙塵暴之類的惡劣氣象中使用，會大幅削減其威力與壽命。

其次，是魔法的失敗率會增加。在元素混亂的地區本來就不易使用魔法，如果再加上暴風雨這種環境，水元素以外的魔法會變得更難施放。對一般魔法師，等於是綁住了手腳在作戰。

最後，是不易活動。暴雨會影響視線，吸飽了水的濕衣服會妨礙行動，冰冷的雨水會奪走體溫，呼吸也會受到影響，這些都會加劇體力的消耗。

爲了克服上面這些問題，五大國耗費重金製造了魔法道具「雨中行者」，大量分發給士兵。如此一來，正義之怒要塞魔導武器的威脅消除了，魔族與人族之間的實力差距也會被拉近。

「雨中行者」不只準備了士兵的份，甚至連坐騎也有。願意砸錢到這種地步，可見五大國奪回正義之怒要塞的決心。

但是，光這樣還不夠。

就算有暴風雨掩護，萬人軍隊移動的動靜依舊太大，一侵入魔界軍掌握的疆域就會被發現。爲了不讓魔界軍有反應過來的機會，人界軍準備了超大型幻象魔法。

這是「集合全世界的高階魔法師一起發動超破壞魔法」這種荒謬提案的變形弱化版，利用大型強力幻象魔法覆蓋軍隊，再加上暴風雨的遮蔽，瞞過魔界軍偵察網的可能性極高。順利的話，甚至可以直接兵臨城下，令魔界軍猝不及防。

「對了，我剛收到消息，幻象那邊的警備換成麥倫負責了。」索爾說道。

「麥倫？不是左拉跟西迪嗎？」巴羅說道。

「命運之環臨時召集，他們必須出席。我猜命運之環打算聚集人手，發動遠距離的觀測魔法，好監視這裡。」

「竟然在這種時候……」

這次的反攻作戰，眞理庭園前九席全部參與了。

一席凱薩、二席布魯克、三席奧麗薇亞雖然實力最強，但他們檯面上身分太高，無法隨意行動，因此待在自己國家。但要是遇到不得不出手的狀況，就會第一時間利用傳送魔法趕來支援。

四席巴羅與五席索爾跟著反攻部隊一起公開行動；六席左拉與八席西迪暗中守護幻象魔法陣；九席艾里暗中守護反攻部隊；七席麥倫則是機動人員，負責處理各種意外事件。

「沒辦法，因爲大家都在關注這場戰役。不只命運之環，其他大勢力也肯定在用自己的方法監視戰場。」

索爾聳肩說道，巴羅聞言點了點頭。

「雖然早就預測到這點，但無法預測那些勢力究竟會採取什麼方式……幸好有麥倫。」

「不過這樣一來，我們就沒有機動人員了，畢竟前三席不能隨便出手。」

「問題不大。事已至此，應該不會再有什麼意外……最多就是那些大勢力趁亂自相殘殺，要是眞的發生那種事，我們也沒有必要插手。」

「也對。那種明明已經是高階魔法師了，卻還是只會聽命行事的笨蛋，死多少都無所謂。」

兩人就這樣一邊說著無情的話語，一邊朝著第一防線前進。

昏暗天地間響起了沉悶的雷聲，世界籠罩著一片鉛色的幕簾。

在這種天氣，最愜意的事情莫過於待在溫暖的屋子裡，一邊享用下午茶一邊欣賞雨景。至少，復仇之劍要塞司令部的某個房間裡，有三人正這麼做。

「……眞的下大雨了。」

阿提莫看著玻璃窗外的大雨，臉色複雜地說道。

玻璃窗是近年在貴族間流行起來的產品，原本因爲防禦力不佳與注重隱私的關係，玻璃窗一直乏人問津，後來經過加工使其成爲魔法道具後，上述缺點一口氣獲得了解決，於是開始大受歡迎，唯一的缺點就是非常貴。

「聖劍軍那些該死的混蛋，有辦法預測天氣幹嘛不早說！這樣上次我就不會那麼慘了！」

波魯多氣憤地喝完杯裡的紅茶，然後幫自己重新倒了一杯，接著又在茶裡加了酒，兩者的比例大約是七比三——當然，酒是比較多的那一邊。

波魯多會不高興是有原因的，「門」的附近不時會發生氣候異常現象，上個月就因爲一場激烈的突發性巨大暴風雨，使得復仇之劍要塞的排水系統受損，令負責要塞建設工程的波魯多忙得團團轉。

如果能夠預測暴風雨的來臨，就可以大幅降低損失。今天這場暴風雨就是最好的例子，因爲已經做好防範措施，所以波魯多才能像現在這樣，悠閒地坐在屋子喝茶。

「隱瞞情報確實很不應該，可是就算你再生氣也沒用，畢竟事情都已經發生了。」

「所以讓人更氣了！」

「好啦，往好的方向想吧。因爲這場雨，我們總算可以奪回正義之怒要塞，不管怎

麼樣，這都是值得高興的事。」

阿提莫面露苦笑安撫波魯多，就在這時，一道清冷聲音響起。

「——還不一定呢。」

阿提莫轉頭看向那道聲音的來源，也就是坐在桌子對面的女精靈。

房間的第三個人，正是克莉絲蒂。

自從上次兵變事件後，阿提莫、波魯多與克莉絲蒂的關係稍微變好了一點，開始偶爾會一起喝下午茶了。

「難道星葉女士覺得反攻作戰會失敗嗎？」

克莉絲蒂搖了搖頭。

「不，我覺得成功的機率很高，只是過程肯定不會那麼順利。」

「哦？比如說？」

「時間。暴風雨來得比預期早，部隊移動速度受到影響，這場仗會打得比想像中更久。」

雖然士兵們都佩戴了避水魔法道具，但有些問題依舊無法避免。例如下雨會讓地面變得泥濘，令前進速度變得遲緩；又例如，水元素魔法以外的魔法，威力都會減弱，重型、投擲型、射擊型武器派不上用場。

克莉絲蒂逐一細數以上這些問題，於是阿提莫臉上的苦笑加深了，波魯多的嘴巴則是越張越大。

「喂！這不全是問題嗎？那些堅持雨天出兵的笨蛋在想什麼啊！」

波魯多忍不住大喊，而克莉絲蒂再次搖頭。

「不，整體來說，情況對我們有利，光是魔導武器被封印這點就很值得了。其實只要再多等一、兩年，我軍做好準備了，那些問題都能解決，反攻作戰的代價也會更小。」

「那就等啊！幹嘛不等？」

阿提莫搶先一步回答了波魯多。

「吾友啊，因為不確定因素太多了。既然我們可以發現異常氣象的規律或徵兆，魔界軍當然也可以發現。一旦他們發現，這個戰術就沒用了。如果做決定的是我，應該也會這麼做吧。」

「正是如此。這純粹是取捨的問題。」

「好吧，反正這些你們比我懂，我只要閉上嘴蓋房子就好了。」

「怎麼突然說這種話？我們又沒有貶低你的意思。」

面對阿提莫的詢問，波魯多只是哼了兩聲沒有回答。對方的反應令阿提莫有些訝異，這一點也不像他認識的那位矮人好友。

「是因為聖劍軍吧。他們出發前好像侮辱了火鎚先生。」

克莉絲蒂說道，阿提莫訝異地看著波魯多，後者什麼都沒說，只是一口喝下摻了過多酒精的紅茶，一副「老子不想多講」的模樣。

「星葉女士，請問他們說什麼了？」

「我也不是很清楚……聽說是在嘲笑火鎚先生的努力沒有意義，等到奪回正義之怒要塞，復仇之劍要塞就會失去價值，他現在蓋的是一座註定會變成廢墟的東西……雖然我不是很贊同這個觀點，但這個說法確實有一定的道理。」

阿提莫啞口無言，一時想不出該如何安慰波魯多。

復仇之劍要塞原本就是正義之怒要塞的替代品，一旦奪回後者，前者的重要性自然會降低。但除此之外，還有一個更大的問題，那就是他們建設要塞、拖住魔界軍的功勞也會跟著變小。

如果復仇之劍要塞是在反攻前就蓋好，就會給人「因爲有了復仇之劍要塞才能反攻成功」的印象，但情況若是反過來，人們會覺得「有沒有復仇之劍要塞都無所謂」，否定他們的努力。

其實不只波魯多，同樣的問題也會發生在其他軍事委員身上。然而其他軍事委員身後各有勢力，有辦法保住自己應該得到的東西。就連阿提莫，現在也有一群意圖擁立他上位的貴族，爲了塑造形象，他們會拚命維護阿提莫的功勳。

唯獨波魯多，他原本就是游離於政治派閥之外的非主流矮人，最後很可能什麼都得不到。

「……哼，他們說的沒錯，我活得就像個小丑。」

「波魯多……」

阿提莫不知道該說什麼才好，已經獲得退路的他，實在沒有立場安慰友人。

一個月前，他們還在討論如何藉由建設復仇之劍要塞的大功扭轉人生，結果一個月後上面就發動了反攻作戰，讓他們的計畫化爲泡影。

「別露出那種表情，我也看開了。所謂的人生就像酒一樣，沒釀到最後，誰也不知道會是什麼味道。我只是釀的時間比別人長一點而已，哼哼。」

「……波魯多，要是真的不行了，請一定要來我這裡。」

「那還用說，到時不把你家的好酒喝光，我是不會走的。」

「這樣啊，看來我得準備你一輩子都喝不完的好酒了。」

語畢，兩人相視而笑。

「兩位，時間差不多了。」

克莉絲蒂出聲打斷兩人，同時從沙發上起身。房間一角放著一個被布幔覆蓋的大型物體，克莉絲蒂掀開布幔，底下是一面狀似鏡子的東西。

這是一種能夠觀察遠方的魔法道具「千里鏡」。

雖然號稱千里，但實際上觀察距離沒有那麼遠，而且使用上有諸多限制。千里鏡是成對的魔法道具，一面鏡子所映出的景象，會投射到另一面鏡子上面。乍聽之下似乎很方便，其實用途有限。

「畫面太糟糕了吧？」

「因爲外面正在下雨嘛。」

波魯多低聲抱怨，阿提莫無奈地回答。

鏡裡畫面極爲昏暗，在宛如被深淺不一的黑墨所渲染的世界中，依稀可以看見有什麼正在移動。

「阿提莫，那頭笨貓的部隊在哪裡？怎麼沒有旗幟？」

「攻擊前一刻才會舉旗啦。你現在舉旗，是不怕魔界軍發現嗎？」

波魯多口中的笨貓，指的自然是豪閃．烈風。身爲獸人三劍聖之一，這次的反攻作戰豪閃自然也會上陣，其他四名軍事委員則是留守後方。

「星葉女士，另一面鏡子是設在第一防線沒錯吧？能調一下角度，讓它照得更遠嗎？」

「沒辦法，除非派人過去調整。」

「眞不方便……呃，抱歉，妳好心邀請我們來觀戰，我不該說出這種不知好歹的話。」

「沒關係。因爲我也覺得很不方便，但很遺憾，現在我手邊只有這個。」

「請別這麼說，能夠弄到千里鏡就已經很厲害了。唔……看來前鋒部隊正準備離開

陣地。」

「按照預定，全軍會在一小時後穿過邊境線，兩小時後開始進攻。」

「哦哦！消失了！不對，是變色了！」

波魯多突然大叫。只見鏡子裡的軍隊有一部分突然消失，彷彿融入了環境之中。

「這就是超大型幻象……」

「原來如此。魔界軍就算有遠程監控邊境線的手段，在這樣的暴風雨之中，也不會比我的千里鏡清楚多少，就算有點不自然也看不出來。我本來還擔心這種掩護方式會不會太草率，看來是我多慮了。」

克莉絲蒂佩服地點了點頭。

「聽說這個幻象魔法陣也可以製造聲音？」

「嗯，要看穿幻象，通常都會從影子或聲音著手。雨天不用擔心影子，所以針對聲音的破綻進行改良了。」

「將遠方的聲音同步重現的術式嗎？真了不起。」

眼見阿提莫與克莉絲蒂開始討論起魔法知識，插不上話的波魯多有些不耐煩地道：

「喂，阿提莫，我們就這樣一直看著？就這樣盯著鏡子兩小時，不會太無聊嗎？」

「如果你還有心情工作的話，請便。」

「……還是看著吧。」

阿提莫與克莉絲蒂笑了出來，波魯多自己也笑了。

此時的三人還不知道，他們的等待時間不會太久。不久之後，鏡子將會映出令他們永生難忘的影像。

💀💀💀

暴雨中，萬人規模的隊伍以緩慢速度攻向正義之怒要塞。然而，有數道人影正朝著截然不同的方向奔馳。

人影的數目是四道，爲首者是一名黑色劍士，後面三人從穿著與裝備來看，分別是神官、吟遊詩人與弓箭手。

四人皆是步行，然而他們的速度絲毫不比騎馬遜色。

「好厲害，眞的完全不會濕耶！」

「人界軍眞是開發出了好東西！眞希望魔道軍團那些白痴能跟他們學一學！」

「可是不妙啡！我完全不想跟戴著這東西的人類在雨中打架啡！」

途中，吟遊詩人、弓箭手與神官如此說道，因爲雨聲的干擾，他們不得不大聲說話。是的，這四人正是超獸軍團副官群——智骨、克勞德、金風與菲利。

他們率軍抵達第一防線後，總算找到機會脫離部隊。智骨用了幻象魔法製造出四人的替身，由於暴雨的關係，幾乎沒人有閒心觀察他們或找他們講話，順利的話，直到戰鬥正式爆發後才會有人發現他們失蹤了。

智骨一行人的目標是逃回正義之怒要塞。

由於前方道路全是人界軍，他們不得不繞一大圈。身爲魔族，他們全力奔跑的速度自然遠勝人類，但由於繞道的路線是森林，所以前進速度只比人界軍快上一點。

根據智骨的計算，他們應該能勉強趕在人界軍進攻前回到要塞，如果趕不上，就只能先找個地方躲起來了。

「話說回來，智骨，這樣做眞的好嗎？」金風突然說道。

「什麼？」智骨反問道。

「我是說，就這樣逃回去沒問題嗎？這一仗我軍不是很危險嗎？」

「啊啊，是很危險。魔導武器不能用，正面對決的話，對方也早有準備，這次搞不好會輸。」

雖然很不想承認，但形勢確實對魔界軍很不利。人界軍這次的奇襲幾乎考慮到了一切因素，堪稱無懈可擊，正義之怒要塞被攻破的可能性極高。

「所以我們是不是應該更積極地行動？畢竟要是我們打輸，又要退回魔界啃風沙了。那個女人不是告訴我們超大型幻象魔法陣的位置了？」

金風口中的「那個女人」，指的是不久前突然跑到他們面前，向智骨提出某個建議的女精靈。

那名女精靈名叫薇妮，有別於一般精靈的審美觀，喜歡穿得一身黑。她的綽號是「沉默」，卻非常喜歡找人聊天，而且口風很鬆，讓人懷疑那個綽號根本是自己取的。

智骨與薇妮最早是在豪閃舉辦的宴會上認識的，被指定爲傭兵部隊的統率者後，薇妮便經常找機會跟他說話。雖然薇妮抱大腿的企圖太過明顯，但因爲對方總有辦法弄到

一些稀奇古怪的情報，所以智骨依舊與她保持著良好交情。

當傭兵部隊抵達第一防線時，薇妮突然跑來找智骨，並且說道：

「隊長，聽說爲軍隊覆蓋幻象的大型魔法陣在第一防線東邊。你能不能跟烈風大人交涉一下，讓我們去防守那裡？」

根據薇妮的說法，她似乎是被其他人推派過來試探智骨口風的。

防守幻象魔法陣就不用跟魔界軍正面戰鬥了，雖然事後報酬會少一點，但活命機率卻會大增。一邊是錢，一邊是命，任誰都知道該選哪一邊。

智骨只是隨口敷衍她幾句，然後找到一個空檔帶著克勞德等人溜掉了。

「如果我們破壞那個幻象魔法陣，人界軍的行動就會暴露了吧？這不是比我們大老遠跑回要塞更有用？」

金風此話一出，克勞德與菲利也跟著附和。

「其實我也覺得，不過智骨當時說要跑，我就跟著跑了。」

「要是破壞了那個，肯定大功一件啡！」

「對吧對吧？這點子不錯吧？現在回去還來得及，到時我們就是拯救大家的英雄了。」

「升職加薪！」

「帶薪休假啡！」

三人越說越興奮，然而智骨立刻潑了他們一頭冷水。

「不可能，辦不到的。既然那個魔法陣是人界軍發動反攻作戰的關鍵，肯定有重兵防守，我們絕對闖不過去。」

「不試試看怎麼知道？如果真的不行，到時再走也不遲啊！」

金風有些不服氣地說道，他覺得自己的點子很棒，不試一下實在不甘心。

「不，會太遲。」

智骨一邊奔跑，一邊頭也不回地解釋道：

「如果要破壞魔法陣，我們當然不可能魯莽地衝進去。潛行、觀察、試探，每一個步驟都要時間，每個步驟都有暴露的風險。一旦被人發現，我們就會遭到圍剿，在那種情況下，你們覺得我們逃得掉嗎？就算逃掉了，又會浪費多少時間？」

「唔……！」

「金風，智骨說的對，你太急躁了。不要被功利心蒙蔽了雙眼。」

克勞德嚴肅說道，這些話完全不像剛才一直喊著升職加薪的人該講的。

「沒錯啡！人家可是天才不死生物，腦袋裡面裝的東西比你還多。」

菲利也同樣反過來指責金風，只是智骨總覺得這番讚美聽起來有點像諷刺。

在那之後，四人沒有再說話，就這樣一路急馳。由於用了魔法，智骨的奔跑速度與克勞德三人相差無幾。

至於讓智骨跑在最前面，則是爲了避免迷路。

森林環境本就容易令人迷失方向感，再加上暴雨的影響，不僅視野極差，金風的嗅覺與菲利的聽覺也完全派不上用場。然而智骨並非以五感，而是以感知能力觀測外界，所以影響較小。

不知跑了多久，智骨突然停下腳步。

「……嘖，已經來了嗎？」

彷彿在呼應智骨的低語，四周地面突然隆起，冒出一具具泥土傀儡。

「追兵嗎？看來是被發現了。」克勞德說道。

「果然不會那麼順利。」金風說道。

「是大幹一場的時候了啡。」菲利說道。

四人舉起武器，迎接撲向他們的無機物軍隊。

滂沱大雨中，大量泥土傀儡對著智骨一行人發起攻擊。

泥土傀儡的外形與大小並不一致，人形、獸形、蟲形、圓球、尖錐、軟泥……各式各樣的造型令人看得眼花繚亂。

至於數目，則超過三十。

數目如此龐大的敵人一旦同時進攻，再厲害的戰士也無法完全防禦，勢必會受到某種程度的傷害吧。

然而，被攻擊的對象若換成人類以外的種族，情況就不一樣了。

數道有如長鞭的物體切開了雨幕，一口氣摧毀半數以上的泥土傀儡，剩下的泥土傀儡也在下一秒遭到擊潰。

長鞭的眞面目是尾巴。

金風變回了多尾狐，四條尾巴在身後靈活地擺動。克勞德、菲利與智骨也分別變回牛頭人、夢魘與骷髏的魔族原形。

「嘖，早知道就把斧頭帶來了。」

克勞德一邊抱怨一邊扔掉手中的小喇叭。爲了假扮吟遊詩人，他沒把慣用的武器帶出來，如今只能空手戰鬥。

「你不是也會格鬥術啡？」

「我擅長的是關節技跟摔技，對付這種敵人，還是打擊技比較有效。」

「眞想要法杖，我不會用劍，拿著這個一點用也——等等！又來了！」

就在眾人閒聊時，四周地面再次隆起，新的泥土傀儡冒了出來。

「跑！」

智骨一聲令下，四人立刻往前衝，趁泥土傀儡尚未成形前進行突圍。

這確實是明智的判斷，但敵人的謀略更勝一籌。

四人僅僅前進了數十公尺，便突然一腳踩入泥沼之中，原來這附近的地面已經被魔法化爲陷阱。

「嗚哦哦哦哦──！」

金風立刻甩動四條尾巴，一條纏住樹木，三條纏住同僚，接著用力一拉，一口氣帶著大家脫離了泥沼。緊接著金風攀住樹木，用尾巴纏住另一棵樹木，然後再次飛躍。

這樣的動作重複了三次，直到金風撐不住眾人體重後才落地。多虧了金風的華麗表現，眾人成功脫離泥沼陷阱的範圍。

沒想到他們才一落地，不遠處的地面突然噴出大量泥漿。泥漿在空中劃出一條污濁的弧線，有如蟒蛇般衝向眾人！

「喝哦！」

克勞德雙手護住頭部，一個跨步擋在三人面前，用身體擋住了泥蛇。強大的衝擊力將克勞德擊飛，這時菲利揹著智骨縱身一躍，然後以泥蛇為踏板，跳向泥漿噴泉的源頭。

「噴泉左上方三公尺！踩下去！」

「啡──！」

菲利前蹄燃燒著火光，往智骨指示的位置猛力一踏。只見地面爆出藍黑兩色火花，泥漿噴泉立刻平息下來。

連串激烈的變化，僅僅發生在數秒之間。

「克勞德，沒事吧？」

金風一邊問道，一邊用尾巴把牛頭人從樹上拔下來。克勞德被打飛後，頭上的角插入了樹幹，一時拔不下來。

「……啊啊，沒問題。剛才那個比黑穹大人的拳頭輕多了。」

克勞德晃了晃腦袋，試圖甩掉腦中那股暈眩感，菲利見狀連忙催促兩人。

「你們快點啡！人界軍還在後面啡！」

就在這時，智骨突然說道：

「……不，事情有點奇怪。」

克勞德三人的目光同時落到智骨身上。只見智骨雙手抱胸，像是在思考些什麼。

「怎麼了，智骨？你說什麼東西奇怪？」克勞德問道。

「剛剛的攻擊，全是魔法陷阱，而且很強。」智骨答道。

「那又怎麼樣？」

「既然有設陷阱的時間，直接發兵攻擊不是更快嗎？」

克勞德三人「啊」了一聲。

沒錯，與其設置陷阱，還不如直接派兵圍剿他們。對方沒有這麼做，理由恐怕只有一個。

「我想……追兵的數目或許不多，而且其中有相當厲害的魔法師。」

智骨說出這番猜測的下一秒，突然響起了鼓掌聲。

智骨等人猛然轉頭，一群黑影從森林深處走了出來。走在最前面的是一名侏儒，跟在他身後的則是三具泥土傀儡。侏儒手拿鑲著寶石的短杖，身穿華麗長袍，一眼就能看出是魔法師。最引人注目的還是那三具泥土傀儡，它們的外形竟然與克勞德等人一模一樣！

「了不起。竟然一下子就突破了我的連鎖陷阱，那可是按照困殺千人軍隊的標準設計的，我本來很有自信的說。」

侏儒一邊鼓掌，一邊語氣遺憾地說道。

智骨等人立刻擺出戰鬥架勢，心中的警戒等級也提到了最高。

「哎，不過畢竟是以人類爲假想敵，對能夠以一敵十的魔族來說或許弱了一點，可是你們只有四個人……難道說，是能夠一騎當千的魔族精銳嗎？也對，不是精銳，不可

能找到這裡。」

侏儒旁若無人地自言自語起來。智骨等人互相使了一個眼色，然後搶先發起攻擊。

第一個衝到侏儒面前的是菲利。夢魘有許多特殊能力，其中之一便是「起步即最速」，跳過加速階段，直接進入自身最高速度。在初次見到這招的人眼中，菲利恐怕就像是瞬間移動了一樣。

菲利的前蹄踏向侏儒，這時突然一股巨力從旁襲來，直接將他給撞飛。阻止菲利的，正是原本站在侏儒身後的泥土夢魘。

菲利被撞飛的下一秒，四條尾巴從不同方位攻向侏儒。侏儒身後的泥土多尾狐同樣甩出四條尾巴，漂亮地擋住了金風的攻擊。金風立刻變招，上挑、下壓、左彈、右甩、直刺、橫砸、畫弧、蛇行，一連串攻擊堪比狂風暴雨。然而泥土多尾狐的四條尾巴卻展現出絲毫不亞於金風的靈活性，完美擋住了這波攻勢。

這時克勞德已經趕到，沉重的拳頭帶著撕裂空氣的聲音轟了過去，但泥土牛頭人閃身擋在侏儒面前，同樣一拳轟向克勞德。兩人的拳頭在半空中相撞，激盪出的衝擊波竟然震飛了四周雨幕，製造出剎那的無雨空間。

「吼哈！」

咆哮著，克勞德轟出了第二拳。泥土克勞德也做出同樣動作，這次兩人的拳頭擊中了彼此的臉。泥土克勞德頭顱爆碎，克勞德被打飛出去。然而泥土克勞德很快就長出第二個頭，重新爬起來的克勞德則是嘴角流血。

智骨什麼都沒做。

更正確地說——他什麼都沒辦法做。

原本智骨打算趁克勞德三人進攻時用魔法在後方支援，但克勞德三人的攻勢一下就被挫敗了，智骨根本來不及使用魔法。

這些究竟是什麼……

看著有如護衛般擋在侏儒面前的三具泥土傀儡，智骨感覺自己的腦袋似乎冒出了不存在的冷汗。

菲利的速度、金風的靈活、克勞德的力量，這些泥土傀儡竟然不只模仿了外形，就連他們的特點也一起模仿了，這種魔法簡直前所未聞。

「唔嗯？你們竟然也有雨中行者？難怪動作這麼俐落，完全沒受到雨勢的影響。是

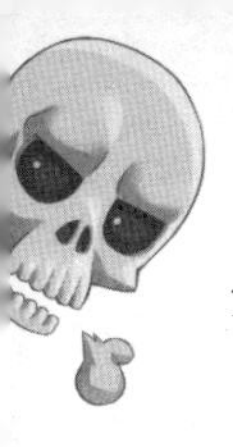

從士兵身上搶來的嗎？」

侏儒臉色凝重，接著嚴肅說道：

「我是麥亞魯・法坦皮歐・沃德・山列亨克・倫爾辛德斯，我親切地允許你們叫我麥倫。記住我的名字，然後去死吧！」

當麥倫高聲自報姓名的下一刻，那三具泥土傀儡行動了。

克勞德等人見狀也衝向泥土傀儡，三對外形一模一樣的魔族立刻打成一團。智骨沒有加入混戰，也沒有試圖用魔法支援同伴，而是站在原地觀察戰況。

對方是魔法師，而且比我強，隨便亂用魔法只會遭到反制，甚至讓情況更加惡化，所以不能跟對方打魔法戰。近身戰……像對方這種等級的魔法師，肯定有反制方法。

得益於不死生物的情緒抑制能力，智骨心中的焦慮與慌張變得淡薄，所以能夠冷靜地思考局勢。

魔法師最大的弱點就是吟唱咒文時會變得毫無防備。越是高明的魔法師吟唱時間越短，如果是桑迪或夏蘭朵那樣的強者，甚至可以將時間壓縮到一秒以內。

然而空隙就是空隙，哪怕時間再短，也會讓人有機可趁，所以實戰經驗豐富的魔法師會準備各式各樣的反制手段，不讓自己陷入被敵人近身的窘境。也許是提前對自己施展魔法，也許是魔法道具，也許兩者皆有。以夏蘭朵爲例，智骨知道她身上至少常備六種以上的防護手段，無論是近身或遠程攻擊都有辦法應對。眼前的侏儒就算不如夏蘭朵，也肯定擁有一種以上的自保措施。

附帶一提，智骨並沒有爲自己準備這種防護手段，反正他是不死生物，就算被敵人近身了也無所謂。

不能用魔法，也不能用近身戰，最好的做法就是一直旁觀，不要刺激對方，相信克勞德他們，把一切交給隊友……但……

從常理推論，智骨似乎什麼都不做最好，不過眞是如此嗎？

……爲什麼，他什麼都不做？

從麥倫現身以來，他就一直站在原地講些無聊的廢話，只讓那三具泥土傀儡戰鬥。爲什麼？對泥土傀儡有自信？爲了打發時間？想玩弄他們？以上皆是？或者……？

這時智骨突然靈光一閃。

「大家聽好！不要讓他們靠近我！」

智骨對著克勞德等人大喊，接著開始吟唱咒文。

麥倫一見到智骨的動作立刻臉色大變，這時泥土多尾狐突然拋下金風，回頭撲向智骨。然而泥土多尾狐才正準備甩出尾巴，金風的尾巴已搶先一步捆住了它。

泥土牛頭人猛然轉身，結果被克勞德從後面架住。泥土夢魘被菲利纏住，在空中玩起了立體機動捉迷藏。

麥倫面前地面突然隆起，並迅速變成了一具持劍的泥土骷髏。泥土骷髏舉劍衝向智骨，當它距離目標僅有一步之遙時，智骨完成了咒文。

暗元素魔法──骨槍．穿突。

漆黑骨槍有如閃電般轟向麥倫，就在他即將被貫穿的那一剎那，面前突然爆發五顏六色的光芒，漆黑骨槍的速度也跟著變慢。麥倫連忙扭身，雖在千鈞一髮之際避開了骨槍的正面直擊，但左肩仍被削掉了一大塊。

幾乎同一時間，那四具泥土傀儡全部停止了動作。

「就是現在！」

智骨大喊，克勞德、金風與菲利撲向麥倫。麥倫見狀立刻拔掉短杖上的寶石，然後將它擲向眾人。

下一秒，光芒炸裂！

眾人連忙壓低身體，做出防禦姿勢，以防對方趁機偷襲，然而他們的舉動似乎白費了。光芒消失之後，麥倫與那些泥土傀儡已經不見蹤影。

眾人連忙左右張望，等到確定麥倫已經不在，他們才鬆了一口氣。

「智骨，幹得漂亮！你怎麼做到的？」

克勞德一邊坐倒在地，一邊喘氣問道。金風與菲利也坐了下來，剛才的戰鬥太過激烈，消耗他們大量體力。

「剛才那傢伙不是一直站著不動嗎？我猜他不是不想動，而是不能動，結果我猜對了。」

麥倫的行動其實很不合理，大戰即將來臨，像他這樣強大的魔法師應該會站在最前線，怎麼可能有空戲弄敵人？而且他一開始只製造對應克勞德三人的泥土傀儡，卻沒有製造對應智骨的泥土傀儡，這又是爲什麼？

於是智骨猜測，這其實是麥倫的戰術。

麥倫站著不動，是因爲他所用的魔法有著不能任意移動的限制，而他之所以選擇這種副作用明顯的魔法，是因爲他將智骨等人全部當成了戰士型魔族。最好的證據，就是明明智骨已經在吟唱咒文了，麥倫製造出來的泥土骷髏卻還拿著劍，這明顯是基於智骨手中武器與身上鎧甲所做出的誤判。

若眞是如此，麥倫所選擇的自我防護手段肯定全是反制物理攻擊的類型。他的戰術就是用複製了敵人能力的泥土傀儡對付敵人，如果敵人打算闖過泥土傀儡直接攻擊他，就會中了他的陷阱，變成防護魔法的餌食。

根據智骨推斷，假設當時他選擇了白刃戰，恐怕會先被麥倫的防護魔法重創，再被事先埋伏的泥土骷髏幹掉吧。

「關鍵在於，他沒料到我其實是魔法師，所以戰術出現了漏洞。如果他知道我會魔法，情況恐怕就完全不一樣了。」

所謂的戰場，就是只要一個小小的疏漏都有可能翻轉局面的地方。戰鬥比的不只是誰的實力更強，還有誰犯的錯誤更少，一旦錯判情勢，強者也會敗於弱者之手——就像剛才的麥倫一樣。

「好了，我們還沒逃離險境，現在不是聊天的時候。你們撐得住嗎？」

智骨問道，於是克勞德等人從地上站了起來。

「啊啊，沒問題，只是沒辦法跑得跟之前一樣快。」克勞德說道。

「真羨慕不死生物，完全不用煩惱體力的問題。」金風說道。

「我記得你會暫時強化精力的魔法吧？可以對我們用一下嗎啡？」菲利說道。

智骨點了點頭，然後開始吟唱咒文。就在這時，眾人雙腳突然陷入了地面！

「什麼——？」

「掉進去了！」

「啡噗嚕嚕嚕嚕！」

地面彷彿變成水池，轉眼間將眾人給吞沒。智骨第一時間取消了魔法，但他根本來不及做些什麼，整個人直接沉入了地底。

墜落。

伴隨著強烈的失重感，智骨的視野變得一片黑暗。

即使運用感知能力，也只知道自己似乎陷入了某個以流體所構築的世界。正當智骨想要進一步分辨時，眼前突然出現了光芒。

「唔！」

智骨砰的一聲重重地摔落地面，他連忙翻身站起，觀察四周情況。

簡單地說，這裡是一個巨大洞穴。

這個岩質的世界相當寬闊，空間足以容納千人，頂部與地面的距離超過五公尺，混濁的空氣中帶著濃重濕氣。洞穴裡有著大量鐘乳石、石筍與石柱，可見此處應該是天然形成。克勞德等人就躺在智骨後方，身體沒有外傷，似乎只是暈過去而已。

然後——洞穴的最深處，存在著一座祭壇。

地面閃爍著金色的紋路，燃燒著銀焰的火盃圍繞著祭壇，從中散發出的魔力波動強大到令人窒息。

祭壇前方，站著一名侏儒。

「歡迎來到決定世界命運的關鍵之地，該死的魔族。」

麥倫的聲音充滿憎惡。他的左肩已經包紮完畢，不祥的暗紅色滲透出繃帶。

「如你所見，這裡就是你們要找的地方。只要破壞祭壇，我軍就會失敗。前提是——你能跨過我的屍體！」

麥倫拉高聲音，同時舉起手中的短杖。

智骨敏銳地注意到，那根短杖並非麥倫原先所用的那一支，外形與顏色都不一樣。

智骨心中大喊不妙，接著立刻轉身狂奔。下一秒，數根石箭貫穿了他先前所站的空間，落空的石箭深深插入石柱，可見威力之強。

混蛋！竟然給我中途換裝備！

智骨一邊逃跑，一邊在心中罵對方太過犯規。

魔法師跟戰士一樣，根據裝備的不同，可使用的戰術也會不同。先前雙方已經短暫交手過了，既然麥倫選擇更換武器，代表他已經制定好對付智骨的戰術。

「克勞德！金風！菲利！快醒來！現在不是睡覺的時候！」

智骨放聲大喊，但克勞德三人毫無反應。

「加薪了！放假了！黑穹大人來了——！」

克勞德三人依然沒有反應，反倒智骨因為大喊導致反應不及，被石箭擊中了側腹。

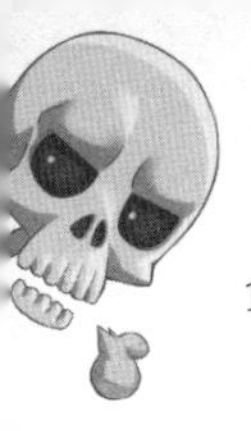

不死生物沒有痛覺，但智骨的動作因為這一箭而頓住，結果更多石箭趁機襲來，直接將他射倒。

如果智骨不是不死生物，此時已分出勝負，石箭的威力堪比重弩，能夠輕易射穿鋼板，剛才的攻擊已經讓他身上的鎧甲出現破損。

被射倒的智骨在地上不斷翻滾，然後躲到了一根石柱後面。

冷靜，好好思考一下這到底是怎麼回事！

智骨沒有立刻反擊，而是試圖搞清楚狀況。他原本以為那個侏儒法師是追兵，但看來似乎不是那麼一回事。

追兵……魔法陷阱……關鍵之地……祭壇……等等！難道？

於是，智骨發現了。

「那個……就是幻象魔法陣！」

看著遠處的祭壇，智骨一臉愕然地呢喃道。

是的，這就是最合理的解答。

之前從薇妮口中聽到的、位於第一防線東邊的幻象魔法陣，其實是一個誘餌，用來引出叛徒的死亡陷阱。眞正的幻象魔法陣其實位於相反方向，也就是這裡。

之前那些魔法陷阱其實是爲了保護幻象魔法陣而設置的防禦系統，智骨他們只是誤闖而已。麥倫則是幻象魔法陣的守護者，像他這樣的強者，本來就不可能跑來獵殺他們這幾個小角色。

想通事情的緣由後，智骨不禁苦笑。

「混沌的未來……是嗎……」

四大魔神之一．混沌終末——祂的存在象徵著「一切皆有可能」，未來乃混沌之物，任何事都會發生。必勝之戰也會失敗，必死之人亦能求生，此乃無常，亦爲混沌。

明明只想趕回要塞，偏偏遇到了最關鍵的幻象魔法陣，智骨眞不知道自己的運氣究竟是好還是不好。既然眼前的祭壇就是幻象魔法陣，麥倫絕對不可能撤退或放他們走，兩人中勢必有一人要倒下。

就在思考之際，面前的石柱發出了悲鳴。

「嗚……！」

智骨連忙向後一跳，石柱在下一秒變成了紛飛的碎塊。

麥倫的石箭威力極大，石柱才挨了幾發就被打壞。更可怕的是，這些石箭不僅可以連發，射速也很快，

可惡！遠程攻擊用的特化武器嗎？專門應對魔法師的裝備……如果是我，也會這麼選。

很明顯，麥倫手中的短杖是一根附加了石箭術的魔法道具，無須詠唱咒文，只要注入魔力就能製造並發射石箭。

石箭術本身並非什麼高級魔法，但那把短杖肯定還附加了別的什麼，才能把石箭術強化到擁有如此威力。

如果是剛出道的菜鳥魔法師，一定會大嘆浪費，覺得與其附加石箭術，不如幫短杖附加更強力的魔法，以期達到一擊必殺的效果。但經驗豐富的魔法師絕不會這麼想，這種射速快、射程遠，威力又有一定保證的魔法道具，才是最適合實戰的好東西。

事實上，魔道軍團的制式裝備裡就包括了附加低階遠程攻擊法術的法杖。智骨也很想要那種法杖，可惜買不起。

若此時智骨手中有自己的法杖，情況就不會如此被動了，可惜事到如今再怎麼後悔也沒用。

「嗚哇——！」

智骨一邊思考一邊移動，不慎被腳下岩石絆了一下，結果再次遭到石箭之雨的轟炸。他就地滾倒，好不容易才躲到一根石柱後面。

「可惡，這樣不行，條件對我太不利了！」

智骨身上的劍不知掉到哪裡去了，鎧甲也變得破破爛爛，露出底下的潔白骨頭。智骨低頭看著破損的鎧甲，想說要不要脫掉它減輕負重，就在這時，他發現鎧甲的腰間破洞處出現一抹黑色。

對！次元口袋！差點忘了這個！

智骨連忙掏出次元口袋，期待找到能幫他脫困的救命道具。

衣服、食物、帳篷、鹽巴、鐵鍋、碗盤、刀叉、鏟子、酒瓶、詩集、骰子、撲克牌、錢幣、筆記本、墨水、刮毛刀、潤滑油、治癒藥水、解毒劑……智骨迅速翻了一遍，卻找不到可以派上用場的東西。

是哪個白痴把這些垃圾塞進來的啦！對，是我！還真是抱歉啊！

就在智骨詛咒自己的愚蠢時，一股強烈的元素波動突然從他腳底下爆發。大量尖銳石刺從地面暴升，一口氣刺穿了智骨！

感受到彷彿能夠滲入骨髓的寒意，巴羅不由得拉緊了斗篷。

「……比想像中還要冷。」

魔法道具「雨中行者」能夠阻擋雨水，但阻擋不了與暴雨一同降臨的冷風。光只是吹風就有如此寒意，要是身上沾了水，那股寒意肯定會成倍增長，讓人冷到拿不動劍吧。

「這是好事。毫無準備的魔族情況只會更慘。如此一來，個體實力間的差距也會拉得更近。」

巴羅的自言自語收到了意外的回應，那是索爾的聲音。

「你怎麼又過來了？發生什麼事了嗎？」

「沒事。因爲不知道什麼時候才會輪到我的部隊，所以逛了一下打發時間。來你這裡只是順路而已。」

爲了防備魔界軍，第一防線與邊境線之間的森林被保留了下來，而且僅有一條道路。道路寬度有限，只能讓部隊分批前進，再加上地面泥濘，所以進軍速度不快。

「話說回來，我去幻象那邊看了一下，那裡的護衛太多了吧？反正是假的，沒必要看守得那麼嚴密，把那些人手派去前線不是更有意義嗎？」

「不，正因爲是假的，守備才要更加嚴密，否則會被人看出來。」

巴羅反駁了索爾的意見。

掩護大軍行蹤的幻象魔法陣位於第一防線，此事並非什麼機密，但那其實是用來釣出別有用心之人的誘餌，眞正的幻象魔法陣其實位於他處。

「把戰力浪費在這種地方，不是中了主和派的計謀了嗎？」

「這是必要的浪費。像之前那樣的事件，可不能再發生了。」

巴羅口中的事件，指的是前幾天有人企圖襲擊倉庫，染指「雨中行者」。雖然獸人劍聖及時阻止對方，但這件事也給眾人敲響了警鐘。

事實上，並非所有人都期待這次的反攻作戰成功。

正義之怒要塞被魔界軍攻佔，對人界軍來說絕非好事，但相對地，也有人從中受益。

爲了應付戰爭，許多物資的需求量以誇張的速度直線上升，不少大商人與貴族大發

橫財，這場戰爭拖得越久，對他們越有好處。

除此之外，還有擔心激怒魔界軍，以致衝突激化的主和派；不希望政敵因反攻作戰而得勢，企圖從中作梗的權力者；期待因作戰失敗，令五大國威信掃地的野心家……總之，打算扯後腿的傢伙要多少有多少。

爲了安全起見，巴羅與索爾說服了聖劍軍司令奈特，決定轉移幻象魔法陣，這件事只有他們三人知道。

「就讓我們看看會有哪些人上鉤吧，也該是時候清掃一下人界的灰塵了。」

巴羅露出冷笑，他忍耐那些自私自利的笨蛋已經很久了，剛好藉著這次機會將他們一網打盡。

「麥倫那邊應該不會有事，我反而擔心我們這邊出問題。」

「什麼意思？」

「我剛才逛了一圈，發現很多軍官狀況不好。後來打聽了一下，似乎是因爲玩樂過頭的關係。」

「玩樂……？縱欲過度嗎？打仗之前找女人很正常，但昨晚不是全城戒嚴了？」

「似乎都是在前天還是大前天跑去玩的樣子，而且不是那方面的事，是玩摔角。」

「摔角……？」

「最近復仇之劍要塞好像流行摔角遊戲，不只平民，稍微有點地位的人也會玩。」

「……他們是小孩子嗎？」

巴羅雙眉緊皺，他完全無法理解那種東西到底有什麼好玩。

「大戰將至，他們竟然還不懂得調整狀態，我們似乎太高估他們的自制力了。」

「……無妨。就算狀態再差，到了生死關頭，他們還是會拚命壓榨出自己的潛力。要是連這種事都做不到，他們活著也沒什麼用。」

「說的也是。這樣的笨蛋，影響不了大局。」

關於那些軍官的異常狀況，巴羅與索爾懶得花費心思繼續討論。

只是此時的兩人怎麼也沒想到，他們口中的那些笨蛋，會在不久之後以奇妙的方式決定這場戰爭的走向。

侏儒魔法師眼神冷酷地看著眼前景象。

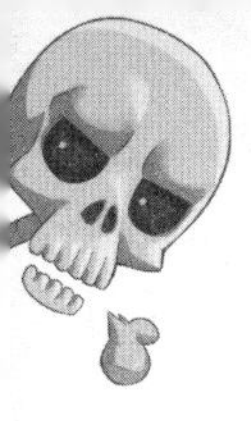

遍布石柱的地下洞穴中，有一片區域長著極不自然的石刺，乍看之下就像是隨手堆砌的針山。在那片尖銳的岩石叢林最頂端，有著一名慘遭串刺的骷髏。

石刺術所製造出來的石刺並非普通岩石，而是被土元素強化過的魔岩。如果是麥倫這樣的魔法師來使用，石刺的威力甚至可以輕易撕裂鋼板。

看到智骨一動也不動的模樣，麥倫確信自己已經獲得勝利。

這也是必然的結果。

說到底，先前麥倫之所以負傷撤退，並非因為實力不如智骨等人。如果他有那個意思，也不是不能當場打倒對方，但那要付出很大的代價。與其如此，還不如先假裝敗逃，再用更輕鬆的方式討回面子。

既然已經明白敵人的底細，就能做出針對性的布置。

先用強化型地沼術把敵人全部拖下來，通常絕大部分的生物都會直接窒息而死，魔族的體魄雖然遠勝人類，也會因缺氧而昏迷。這樣一來，敵人就只剩不用呼吸的骷髏了。

同為魔法師，麥倫自然知道什麼樣的戰術對付魔法師最有效，其結果──就像眼前這樣。

敵人已經全部失去行動能力，接下來就是處刑時間了。

正當麥倫準備吟唱咒文，空氣的流動突然變得極不自然。

「——嗯？」

下一秒，狂風呼吼！

地下洞穴颳起了銳利的刀風，將麥倫緊緊包覆其中。位於風渦中心的麥倫一點也不驚慌，他的身上閃耀著虹光，刀風完全傷不到他。已經知道眼前的骷髏其實是魔法師的他，怎麼可能不做準備？

「愚蠢！」

麥倫舉起短杖，石箭擊中被串在石刺上的智骨，四周的風勢頓時減弱。

「都變成這樣了還能施法，我承認我有點小看你了。但是，你對於魔法戰的理解太過淺薄。」

麥倫不斷地射出石箭，由於無法動彈，智骨只能完全承受對方的攻擊。每被打中一次，風勢就減弱一分。

「在這種地形使用風元素魔法，本身就是一個錯誤。不知道我的防護魔法強度，貿

然浪費掉唯一的反擊機會，又是一個錯誤。沒有確保安全環境就施法，所以現在只能變成我的活靶，這也是一個錯誤。還有——」

麥倫的聲音越來越高亢，最後幾乎變得像是在怒吼。

「——你最大的錯誤，就是跑來挑戰我！」

伴隨著咆哮，巨大的石箭凝聚成形，將智骨連同石刺一起轟成了碎塊。骨片與碎石有如雨點般落下，刀風也在此時徹底平息。

「呀哈哈哈哈哈哈！白痴！笨蛋！蠢到極點！哈哈哈哈哈哈——！」

麥倫捂著臉不斷狂笑。

「哈哈哈哈哈哈——不對——哈哈哈——爲、爲什麼……？哈哈哈、哈哈哈哈——！」

麥倫的笑意無法停止。

心中的理性就像被什麼吹飛一樣，從胸口深處不斷湧出難以形容的興奮與狂喜。

「怎麼回事——？哈哈哈哈！我、究竟是？哈哈哈哈哈哈哈！」

不對勁！有問題！自己被暗算了！但是，那又怎麼樣？

愉快的情感有如洶湧的海浪，還有什麼比放聲大笑更重要的事嗎？當然沒有！任務也好，自尊也好，什麼都無所謂了。

「在星光……與彩虹……的陪伴下……」

然後，響起了微弱的呢喃。

「吾身……閃耀……」

光芒炸裂！

麥倫帶著扭曲的笑容看向那團光芒，一道纖細身影從光芒中浮現。

「哈哈哈——？什——？」

下一秒，嬌小的拳頭深深印入了侏儒的臉。

麥倫整個人筆直地倒飛出去，直到撞上石柱才停下。這一拳差點打碎了他的意識，事先設下的物理攻擊防護魔法不知為何竟然無效。

「呵呵……雖然很不爽……但還是得謝謝夏蘭朵大人……」

將麥倫揍飛的，是一名令人驚艷的美少女。

亞麻白金色的長髮。

心瞳的櫻花色眼眸。

輕飄飄的華麗禮服。

如果阿提莫在此，肯定會第一時間認出對方的身分。此人正是在復仇之劍要塞掀起一陣風暴，接著突然離奇失蹤的神祕偶像——甜蜜拉拉！

「一旦變身就能完全恢復狀態！還眞是貼心到讓人覺得可恨的改造方案！呵呵呵、哈哈哈哈！」

「妳——？」

「閉嘴呀哈哈哈哈哈哈哈哈！」

甜蜜拉拉狂笑著衝到麥倫面前，然後開始狂揍對方。

「我知道這裡不適合用風元素魔法！我知道你的防護魔法很強！我知道在那種情況下反擊很危險！我都知道！我當然知道！可是爲什麼我要這麼做？你不知道哈哈哈哈！」

與柔細的手臂相反，甜蜜拉拉的拳頭重得不可思議。麥倫的防護魔法毫無用處，只能單方面被美少女痛毆。甜蜜拉拉每揮一拳，都會濺起艷紅的血花。

「這就是——」

甜蜜拉拉高舉右手，像在空中抓住了什麼似地握緊拳頭，然後劃出一個大大的圓弧。

「——答案！」

上勾拳轟炸！麥倫下巴揚起，同時雙眼翻白，徹底失去了意識。

此時甜蜜拉拉鬆開右拳，點點細砂從她的掌心流下。

細砂的眞面目，乃是興奮劑。

這些由魔道軍團製造的神奇粉末，正是智骨用來逆轉局勢的關鍵鑰匙。在離開復仇之劍要塞時，智骨理所當然地帶走了這批興奮劑，將它們收進次元口袋裡。

智骨先前之所以使用風系魔法，就是爲了把興奮劑吹到麥倫身上。由於吸入了過多粉末，情緒亢奮的麥倫根本無法使用魔法，只能任人宰割。

「贏了！哈哈！哈哈哈哈哈！我贏了！」

甜蜜拉拉一邊大笑，一邊發出勝利宣告。接著她將目光投向祭壇，只要摧毀那個，魔界軍就能及時察覺人界軍的進攻，屆時勝負仍未可知。想到這裡，甜蜜拉拉的心情變得更愉快了。

「嘻嘻嘻——可惡——哈哈哈哈——爲什麼這個——哈哈哈哈——對不死生物也有效啦哈哈哈哈哈哈哈！」

只能說不愧是魔道軍團製造的產品，總在奇怪的地方特別講究。明明就已經說過這種興奮劑是要對人類使用，他們偏偏要做成連不死生物也會受影響的詭異物質。

甜蜜拉拉一邊大笑，一邊搖搖晃晃地走向祭壇。

好高興。感覺世界充滿了光彩。明明自己是不死生物，卻能感受到生的喜悅。不對，不是生命，而是存在。存在即合理，合理即眞理，所以不管是人界者或魔界，都是更廣大的、更崇高的世界的一部分。人族與魔族的區分實在太可笑了。

所以笑吧，爲了得以窺見眞理而笑。

用力笑吧，爲了視野狹隘之輩而笑。

眞是愉快。這種宛如飄浮在雲端之上的輕鬆感、這種接觸眞理的喜悅、這種想要歌頌一切的興奮，如果可能的話，眞想跟其他人一起分享。

「……對，就是這樣。這樣才對。」

站在祭壇的前方，甜蜜拉拉露出嬌艷的微笑。

智骨的化妝 2.0

夏蘭朵的最新改造，讓智骨有了一秒變身的能力。
呃……變、變身……
閃亮！

蠕動
蠕動
蠕動
蠕動

美少女就此
誕生

……您覺得如何？
……真想消去一秒鐘前的記憶。

04.
聖女誕生

天地一片漆黑。

偶爾會有銀白色的雷光在雲層間閃耀，每當這時，就會看見世界被厚重的水色幕簾所籠罩。

如此雨勢，幾乎沒有任何生物會在外面活動，然而此時卻有一支萬人隊伍頂著傾盆大雨在行軍。

他們正是聖劍軍，爲了奪回正義之怒要塞而組建的精銳部隊。

由於地形的影響，萬人隊伍化爲一條長蛇，朝著目標蜿蜒前進。長蛇之中存在著光點，那些是用來引導後方隊伍的魔法燈。因有幻象遮掩，如果從隊伍正前方角度看過去，什麼都看不到。

豪閃騎在馬上，冷眼望著座落於彼方的正義之怒要塞。受雨幕影響，事實上他什麼也看不到，但這絲毫不影響他想要奪回要塞的雄心壯志。

此時的豪閃仍在第一防線，這是因爲道路寬度有限，所以嚴格規定了每支部隊的出發順序，目前還沒輪到豪閃的部隊。泥濘的地面被人馬踏過之後會變得難走，所以越晚出發的部隊越吃虧，至於身爲作戰主力的聖劍軍自然是優先出發。

一名獨眼獸人策馬來到豪閃身邊，那是豪閃的大弟子剛武。只見剛武在豪閃耳邊說了些什麼，後者聽完不禁皺眉。

「至少還要等一小時？開什麼玩笑。前面的傢伙是烏龜嗎？」

「師父，這也沒辦法。路況很糟，一不小心人或馬都會滑倒。已經調派魔法師去修路了。」

「嘖，寶貴的戰力竟然浪費在這種地方。」

豪閃忍不住咂舌。要在這種暴雨中做出維持一萬人通行的道路，耗費的魔力肯定十分驚人，屆時這些修路的魔法師自然無法派上戰場。

「聖劍軍那些白痴，制定計畫的時候竟然沒想到這點。他們是在後方待太久，忘記怎麼打仗了嗎？」

豪閃一臉不耐煩地抱怨著。這種時候，剛武通常都會附和豪閃，然而此時的他卻一反常態地安靜。豪閃罵了幾句後，察覺到剛武的異狀，然後發現這位大弟子正目瞪口呆地看著前方的天空。

豪閃疑惑地抬頭，然後同樣瞪大雙眼。

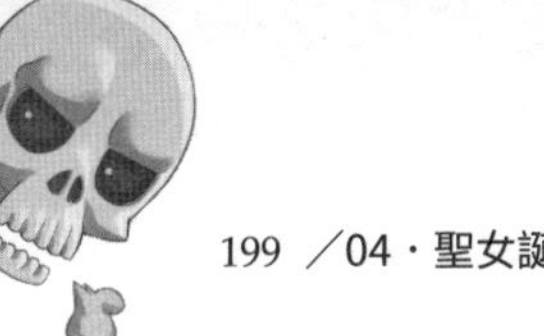

天空出現了一個巨大的人影！

「魔族——不對，人類？是幻象嗎？魔法師？」

出現在天空中的巨大人影明顯是人類，而且還是一位奇裝異服的美少女。然而，爲什麼會在這個時候冒出人類美少女的巨大幻象？這也是聖劍軍的作戰計畫嗎？眼前的景象太過荒謬，豪閃腦袋變得一片混亂，不知道自己該作何反應。

「甜蜜拉拉……？」

「什麼！你認識他嗎，剛武？」

「師父，她就是之前那個偶像選拔賽的冠軍啊！跟薩米卡隆綁架事件扯上關係的那個人類少女！」

「就是她嗎？她爲什麼會在這裡？」

「我、我也不知道。」

類似的對話到處發生，大軍陷入了混亂，被迫停下前進的步伐。就在這時，天空中的甜蜜拉拉平舉左手，將拇指、食指與小指伸直，中指與無名指彎曲。

「——**我們是朋友！**」

甜蜜拉拉一邊比出奇特的手勢一邊說道，她的聲音響徹雲霄，甚至蓋過了雷鳴。

「愚人啊！賢者啊！我將在此歌頌真理！所以——聽我唱歌吧！」

甜蜜拉拉手中的擴音棒響起了音樂，在魔法放大音量的效果下，甜美的歌聲以壓倒性的威勢向四方擴散。

心中的太陽開始綻放
明明是夜晚　我的世界卻如此明亮
愉快的時間就要開始
害羞地牽起你的手　一起奔向那個地方
我是甜蜜拉拉　愛作夢的女孩
跺腳　轉圈　笨拙的舞步請不要見怪
我是甜蜜拉拉　愛唱歌的女孩
陽光　浪花　海邊的貝殼藏著我的愛

「不對！這絕對不是聖劍軍的計畫！」

豪閃一開始驚訝於這充滿震撼性的歌聲，但很快他就察覺到不對。這場反攻作戰的核心在於隱密，然而甜蜜拉拉的行爲根本就是在幫助魔界軍！

「那女的是叛徒！聖劍軍在幹什麼？快阻止她啊！」

豪閃憤怒地大吼，但他的聲音完全被甜蜜拉拉的歌聲蓋過去，甚至連近在身旁的剛武也聽不見他的聲音。

「可惡！」

豪閃調轉馬頭，準備去找有辦法處理這場變故的人。就在這時，遠方突然爆發出一股恐怖的氣息。豪閃緊忙勒馬，轉頭看向那股恐怖氣息的來源。

然後——他見到了有生以來最大的「恐懼」。

「那是什麼東西！」

「不知道！麥倫那白痴到底在搞什麼？」

狂風暴雨中，聖樹之心的長老與火焰聖殿的年輕主祭陷入了爭論。

當用來遮蔽大軍的風景幻象突然變成了美少女的曼妙身姿時，巴羅與索爾跟其他人一樣愣住了，不過他們很快反應過來，知道肯定是幻象魔法陣那邊出了問題。

「阻止她！用傳送魔法！」

「等等！」

就在索爾準備用魔法將自己傳送到幻象魔法陣時，巴羅阻止了他。

「麥倫明明在那邊，卻還發生這種事，你覺得那邊現在變成什麼樣子了？」

索爾聞言動作不禁一滯，腦中冒出許多不祥的想像。

麥倫跟他們一樣是十三級魔法師，而且還事先在那裡設下防禦陣地。如果連他都出了意外，那他們兩個很可能也會遭遇不幸。

就在兩人猶豫之時，天空中的甜蜜拉拉開始唱歌。

天上的星星閃閃發光

無色的台階　被愛與夢想染上光芒

興奮的時間就要開始

用力地唱出我的歌　將心意寄託於其上
我是甜蜜拉拉　愛作夢的女孩
跺腳　轉圈　笨拙的舞步請不要見怪
我是甜蜜拉拉　愛唱歌的女孩
陽光　浪花　海邊的貝殼藏著我的愛

有如轟雷般嘹亮的歌聲令巴羅與索爾臉色鐵青，這下雨中奇襲的計畫肯定行不通了。

「可惡！究竟是誰在搞鬼？魔界軍嗎？」

「不管是誰，先把那個女的逮住再說！請前三席出手！他們一定也看到了！」

「好！我聯絡布魯克，你──」

索爾的話還沒說完，變異再次襲來。

一股恐怖的氣息從正義之怒要塞裡沖天而起，巴羅與索爾驚訝地看了過去，然後同時倒吸一口冷氣。

那是，巨大的恐懼。

那是，巨大的怪物。

那是——巨大的龍！

在兩名十三級法師驚愕的目光下，一頭黑龍破開了烏雲，從天空緩緩落下。黑龍的體型極其巨大，當牠張開背後的三對翅翼時，寬度幾乎可以塞滿整座正義之怒要塞。光是站在這裡，就能感受到遠方那道身影所蘊藏的爆炸性力量。

「那個……究竟是……？」

索爾聲音顫抖地說道，巴羅沒有回答，但那血色盡褪的臉孔已經說明了他的情緒有多不平靜。

巴羅與索爾知道魔界軍有一頭強大的黑龍，也掌握了對方的大部分情報，他們自信只要兩人聯手，就有五成的機率打倒那頭黑龍。然而剛才出現的，與先前他們所知道的黑龍完全不同量級，簡直就是另一個次元的存在。

事到如今，任誰都看出來了，魔界軍也有援軍，而且還是強到難以形容的怪物。

「不，還有機會！如果前三席聯手，一定可以拖住那頭龍！到時——」

巴羅的舌頭在下一秒凍結了。

另一股不遜於黑龍的恐怖氣息沖天而起，在眾人驚駭的注視下，一隻巨大的黑色蜘蛛出現於邊境線附近，站在魔界軍那一側的位置。

黑色蜘蛛的體型比黑龍小上許多，但目測至少也有三十公尺以上，色澤各異的百對複眼令人看了頭皮發麻。

「兩個……」

索爾表情痛苦地呢喃著，就連巴羅也說不出話了。

更讓兩人絕望的，是接下來發生的事。

只見黑龍抬頭咆哮，強大的魔力波動以黑龍爲中心朝著四面八方炸裂開來。爆風吹飛了豪雨，吹飛了烏雲，吹飛了元素，就算是相隔一百公里以上的人界軍，也被這股可怕的風壓吹得人仰馬翻。

於是——正義之怒要塞放晴了。

黑龍的咆哮驅離了雨雲，以邊境線爲分界，魔界軍那一側變得晴空萬里，人界軍這一側依舊狂風暴雨。

見到這一幕的巴羅與索爾徹底沉默。

雨中奇襲是這次反攻作戰的重點，如今人界軍形跡已敗露，魔界軍那邊也無風無雨，根本打不下去了。

💀💀💀

復仇之劍要塞司令部的某個房間裡，正上演一齣以人類與矮人爲主角的鬧劇。

「拉拉——！」

「冷靜一點，阿提莫！那是鏡子！鏡子！」

阿提莫表情猙獰地想要衝過去撲倒鏡子，彷彿只要這麼做了，就能跨越空間前往第一防線。波魯多從背後架住阿提莫，以免友人幹出蠢事。

「放開我！我要去救拉拉！」

「怎麼救？你現在過去也來不及！」

「那又怎樣！我一定要去！」

「你這白痴！別再鬧了！」

兩人就這樣不斷地拉拉扯扯，克莉絲蒂沒有理會他們，只是臉色凝重地看著鏡子。

毫無疑問，反攻作戰失敗了，但接下來人界軍還要面臨一個更嚴峻的問題，那就是他們能不能平安回來。

包括克莉絲蒂在內，其實很多人都預料到魔界軍有可能增加正義之怒要塞的駐守兵力，但他們沒有料到，魔界軍的援軍竟然如此強大。

光是那隻黑蜘蛛，恐怕就需要聖殿之心全員出動才能抗衡，更別提那頭看起來更加凶悍的黑龍了。若是魔界軍發起攻擊，聖劍軍恐怕會在短時間內被擊潰，到時魔界軍趁勢推進到底，甚至有可能連復仇之劍要塞都一起打下來。

死守……？不可能。沒有魔導武器，根本擋不住那種對手。只能撤退，盡量保存戰力……不行，直接撤退的話，事後一定會被問責清算，爲了掩飾這次的失敗，高層肯定會找人頂罪，要是在這時犯錯了，會被他們利用到死！

克莉絲蒂腦中迅速構築出可能會發生的未來，這不是單純的被害妄想，而是極可能發生的事。

「我要帶兵去救拉拉！」

「帶個屁！你又沒有雨中行者，要怎麼在這種風雨裡帶兵救人？你用什麼去救？」

「愛與毅力！」

「以前那個白痴阿提莫又回來了！而且還是更嚴重的版本！妳別光坐在那裡發呆，快來阻止他做蠢事！」

波魯多向克莉絲蒂求援，然而後者只是一直盯著鏡子不放。波魯多不禁暗嘆這些傢伙平常一副聰明能幹的樣子，遇到大事卻一個比一個沒用，最後只有自己最靠得住。

「……有點不對。」

就在這時，克莉絲蒂突然皺眉說道。

「什麼不對？」

波魯多反問道，克莉絲蒂舉手指著鏡子。

「反應不對。敵我兩邊都不對。」

「反應？」

波魯多轉頭看向鏡子，阿提莫也做出同樣的動作。很快地，兩人便察覺到克莉絲蒂口中的不對勁。

魔界軍的黑龍與黑蜘蛛毫無動靜，一直待在原地不動。人界軍既不前進，也不撤退，同樣一直待在原地不動。

這是怎麼回事？三人面面相覷。

豪閃一臉茫然地看著四周。

那邊的士兵，正拉開嗓子與天空中的甜蜜拉拉一起唱歌。這邊的士兵，正隨著甜蜜拉拉的歌曲節奏搖擺身體。身旁的徒弟，正一臉狂熱地高舉雙手打拍子。

整支大軍就像是瘋了一樣，徹底沉浸於歌舞的浪潮。哪怕豪閃再怎麼斥喝也阻止不了他們，劍聖的威勢完全起不了作用。他剛才試著用力揍了剛武一拳，但這位大弟子卻毫不在意地從地上爬起，繼續鼓掌打拍子。

起舞吧　在這耀眼的黎明之中

朝著夢想勇敢跨出一步　火熱勇氣燃燒凜冬

我知道喔　有什麼事即將發生
遙遠的距離　擋不住我內心的鼓動
唱歌吧　在這燦爛的星空之中
直視不可知的未來用激情與夢想貫穿蒼穹
認眞傾聽　讓兩顆心互相感應
跨越時間與空間　吹起名爲愛情的風

豪閃的呢喃被甜蜜拉拉的歌聲蓋過，連他自己都聽不見。

「這到底是怎麼回事……？」

豪閃不知道的是——這世上有一個東西，叫作制約。

制約是一種類似條件反射的行爲，經過長時間的學習或訓練後，一旦接受了某種刺激，就會不由自主地做出反應。

豪閃也不知道——這支大軍裡，眾多中基層軍官加入了心友會。

心友會的宴會，必然會出現某種奇妙的粉末，到後期還加入了甜蜜拉拉的歌曲作爲背

景音樂。兩者相乘的結果，就是心友會成員一聽到甜蜜拉拉的歌聲，就會變得異常興奮。

不是沒有士兵察覺不對勁，但他們向長官尋求進一步指示時，卻收到這樣的回答：

「當然是聽歌啊！沒看到敵人也在聽歌嗎？」

「甜蜜拉拉是朋友！我也是朋友！支持她不是很正常的事嗎？」

「吵死了！跟著唱就對了！這是命令！」

「戰鬥？對！這就是戰鬥！我們在跟命運戰鬥，呼哈哈哈哈！」

「朋友啊！大家都是朋友！甜蜜拉拉說的沒錯，這就是眞理啦！」

……諸如此類的指示，在軍隊各處不斷上演。

一開始士兵們顯得不知所措，但當他們看見那頭可怕的黑龍與黑蜘蛛竟什麼都沒做，只是一直呆在原地時，也就慢慢相信長官們的話了。

既然長官叫我們聽歌，而且連那麼恐怖的魔族都在聽歌了，那我們應該也只要聽歌就好了吧？於是在從眾效應的影響下，越來越多士兵加入了喝彩的行列，最後整支大軍都化身為甜蜜拉拉的演唱會觀眾。

喝彩吧　在這華麗的舞台之中
世界是我的表演場　以笑容與希望繪出彩虹
粉碎黑暗　用靈魂演奏光的歌
拍動夢想的雙翼　愛與希望映入眼瞳
點燃火焰　一瞬化爲永恆　用歌聲填滿心中的洞
抛開悲傷與寂寞　擁抱心中盛開的鮮花
勇敢回應心與心的感應　愛的光芒照亮天空
點燃火焰　一瞬化爲永恆　用歌聲傳達心的悸動
超越憎恨與哀愁　夢想有如鑽石般閃耀
勇敢回應心與心的感應　愛的光芒照亮天空

與豪閃一樣茫然的人不計其數，其中包括了聖劍軍的司令官奈特，然而他很快就擺脫了迷惘，思考自己接下來該怎麼做。

不同於那些透過走後門、靠關係、玩弄權謀、貪污賄賂等手段而晉升的將領，奈特

是真正身經百戰的沙場宿將。他遇過無數逆境與危局，也看過無數意外與變故，可說是一本戰爭活字典。

「司令官！」

就在奈特思考時，巴羅與索爾連袂來訪。

「兩位！那個究竟是怎麼回事？」

奈特一見到兩人，立刻指著天空中的美少女幻象大聲質問。巴羅與索爾當然回答不出來。

「詳情還不清楚，等一下我們會去調查。現在最重要的問題是，這場仗該怎麼打？」

巴羅焦急地說道，奈特立刻回以咆哮。

「怎麼打？打不下去了！必須撤退！只能撤退了！」

奈特完全拋棄了對於十三級魔法師該有的敬意，巴羅與索爾只能乖乖承受，此時的他們根本沒有立場責怪奈特的無禮。

「真的沒辦法打了嗎？」

「你打給我看啊！那種怪物，我們事前完全沒有收到情報！而且還是兩隻！現在那邊的雨停了，魔導武器又可以用了！我們只有一萬人，怎麼打？」

奈特指著遠方的黑龍大吼，反攻作戰的核心條件如今一個也不剩，硬打下去只是白白送死。

「問題是退得了嗎？對方會眼睜睜看著我們撤退？」

「可以！」

奈特斬釘截鐵地說道，巴羅與索爾聞言不禁一愣。

「你們覺得，為什麼那兩個怪物沒有攻擊我們？」

「……牠們在觀察情況？」

巴羅說道，奈特點了點頭。

「沒錯。更正確的說法，是我們還沒有踩到讓牠們發動攻擊的底線。我們的前鋒現在還沒跨越邊境線，牠們不確定我們想幹什麼。事情還有挽回的餘地！」

「你的意思是……？」

「這是演習！我們沒有進攻正義之怒要塞，只是在自己的地盤上演習而已！演習結束，當然要回去了！」

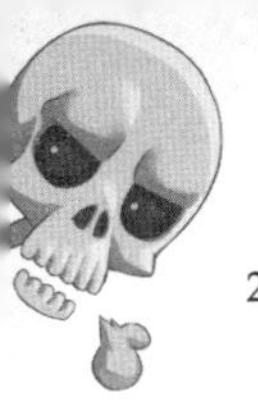

巴羅與索爾聽得瞠目結舌，事情竟然還能這麼解釋？

「不，等等，這種詭辯對魔界軍沒用吧！他們才不會聽——」

「他們當然不會聽！可是他們會這麼懷疑！換作是你們，看見敵人突然在自己面前唱歌跳舞，你們會怎麼想？」

巴羅與索爾皺眉沉思。

確實，人界軍這次的行動似乎很符合奈特的詭辯說詞。

如果人界軍打算進攻正義之怒要塞，沒必要大張旗鼓地弄出一個又唱歌又跳舞的大型幻象，提前警告魔界軍。

魔界軍很可能會認爲這是某種示威或挑釁，並且做出一定程度的回應。說起來，黑龍只驅散暴風雨而不攻擊他們，這種做法不正是一種示威嗎？

「原來如此……我明白了，確實可行。不愧是曙光之刃，一下子就看穿了事情的本質，我等自愧不如！」

面對巴羅的衷心稱讚，奈特只是苦笑。

「我只是懂得怎麼收拾殘局罷了。就算可以撤退，也得提防對方突然改變主意。還請兩位多加小心。」

「放心，我們知道該怎麼做。」

「就算那兩個怪物反悔了，我們也擋得住。」

巴羅與索爾的宣言並非吹噓，眞理庭園前三席已經趕到，如果只是要擋下黑龍與黑蜘蛛，他們還是有把握的。

「還有那個女人……我絕對不會放過她！逮到她之後，我會讓她知道什麼叫作痛苦！」

索爾抬頭看著甜蜜拉拉的幻象，一臉猙獰地放出狠話。奈特聽完只是搖了搖頭。

「事實上，她救了我們所有人。」

「什麼？」

「如果不是那位少女，我們就會一直衝到正義之怒要塞前面。到時那頭黑龍從要塞裡面飛出來，然後那隻黑蜘蛛從我們後面跳出來。您覺得會發生什麼事？」

索爾沉默了。

黑龍有吹散暴風雨的能力，屆時正義之怒要塞的魔導武器就能使用，再加上退路被

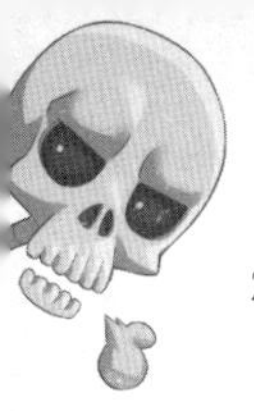

黑蜘蛛截斷，這支大軍除了全滅，沒有第二種下場。哪怕是巴羅與索爾這樣的十三級魔法師，也有很大的機率葬身於此。

看著無言以對的兩人，奈特長長嘆了一口氣，然後舉手高喊：

「全軍撤退！」

人界軍撤退了。

隨著人界大軍回歸，黑龍與黑蜘蛛也跟著消失無蹤。厚重的烏雲重新染黑天空，狂風暴雨再次支配世界。

正義之怒要塞，魔道軍團營區，某座無名倉庫。

黑暗的角落突然亮起燦爛的光芒，那是傳送魔法獨有的光輝。下一瞬間，魔道軍團長桑迪降臨此地，下一秒，一團奇怪的物體也跟著傳送到他腳邊。如果仔細觀察，可以認出那團物體其實是由牛頭人、多尾狐、夢魘與人類女性拼裝而成。

傳送魔法的光芒一消失，黑暗中立刻響起一道充滿威嚴的聲音。

「——果然是你幹的。」

兩團金黃色的火焰平空點燃。一頭有翼小龍的身影從黑暗中緩緩浮現，那兩團火焰正是龍的雙眸。

「抱歉，你說什麼？我聽不懂。」

桑迪歪著頭說道。

「少裝傻了！那個女的是怎麼回事？你為什麼要讓她在邊境線上唱歌？而且人界的軍隊——嗯？等一下，她是魔族？不死生物？骷髏？」

霸龍大公的視線落到昏迷的甜蜜拉拉身上，並且看穿了她的眞面目。夏蘭朵的改造雖然高明，但瞞不過魔界大公的眼睛。

「這個呀，因爲人界軍的行動太奇怪了，所以我去外面調查了一下，後來在一個地下洞穴發現他們幾個。對了，這幾個傢伙都是你女兒的部下喔。」

「不死生物……她就是智骨嗎？原來是雌性啊……不對，骷髏嚴格說來沒有性別之分……所以是興趣？女裝癖？」

「哦？你竟然也知道智骨嗎？這位可是千年難得一見的天才不死生物，我也很看好他，總有一天，他會成爲我魔界聯邦的支柱吧。」

「別說廢話，回答我剛才的問題。」

桑迪重重嘆了一口氣。

「我已經回答了啊。我不知道你在懷疑什麼，但我說的都是事實。我也很奇怪他們為什麼要在人界大軍面前唱歌，與其在這裡懷疑我，不如等他們醒來再審問他們，這樣不是更簡單？如果你想的話，我現在也可以把他們交給你。」

霸龍大公瞇起雙眼瞪著桑迪，表情寫滿了不信任。

就在這時，黑暗中突然響起第三者的聲音。

「別被騙了，這傢伙跟剛才的事情絕對有關聯。」

霸龍大公與桑迪猛然抬頭，發現天花板上倒掛著一隻巴掌大小的黑蜘蛛。

「哦哦，真是意外，沒想到蜘蛛大公也來了。話說兩位沒有事前申請就跑來前線，這不僅不符程序，也會給將士帶來困擾。身為上級貴族，理應成為眾魔表率，請別做這種任性的事。」

「「你沒資格說這種話！」」

兩位魔界大公同時吐槽，緊接著霸龍大公的矛頭突然轉向蜘蛛大公。

「別光顧著說他，你爲什麼跑來人界？」

「你來幹什麼，我就來幹什麼。」

「我是來考察前線戰況的，要塞的將士們可以爲我作證。你呢？沒有正當理由就跑來人界，也沒人爲你的行蹤擔保，你的行動非常可疑，有勾結敵人的嫌疑。」

雖然言行舉止有點粗線條，但霸龍大公不愧是長年在政治泥沼中打滾的貴族，轉手就幫蜘蛛大公扣了一頂通敵的帽子。

「呵，少說蠢話了。在要塞裡面能看到什麼東西？與其看他們在那邊演戲，還不如見識一下敵軍的眞實狀況。」

「哦哼？所以呢？你看到了什麼？適合結網的地方？」

「跟某隻喜歡蹲在街角吃東西的爬蟲類比起來，我看到的東西肯定更多。」

「……你也在啊？」

霸龍大公有些傻眼地問道，然而蜘蛛大公只冷笑以對，於是霸龍大公有點不爽了。

「既然如此，你應該也有收到人界軍即將反攻的消息。然後呢？你做了什麼？我可是立刻回來通報，幫忙防守要塞了。」

智骨當時想做的事，其實霸龍大公已先一步完成。他與黑穹在復仇之劍的酒館考察人界美食時，偶然聽到了酒客們的閒聊，於是立刻回到正義之怒要塞通風報信。

「我分化了他們的內部。」

蜘蛛大公語氣平淡地說出他所採取的行動，然後看向智骨等人。

「如果不是這四個傢伙那天晚上突然跑出來，人界軍根本不會出兵。」

原來當初灰燼之刃等人之所以會攻擊倉庫，是因為蜘蛛大公暗中做了手腳。他用操魔蛛絲對灰燼之刃等人灌注暗示，讓他們以為自己的行動全是為了守護人界。

如果智骨他們沒有出現，灰燼之刃恐怕真的可以摧毀所有「雨中行者」，人界軍也將被迫取消反攻計畫。嚴格說來，是智骨他們扯了蜘蛛大公的後腿。

「抱歉，請容我說句公道話，我覺得這不能怪他們。」桑迪插嘴說道。

「沒錯！誰教你搞祕密主義。假如事前溝通好，肯定不會鬧出這種笑話。這是你的問題。」霸龍大公立刻附和。

「……我當然知道，所以我沒對他們做什麼。相反地，我還暗中幫了他們不少。」

蜘蛛大公潛入復仇之劍要塞後，一直躲在暗處收集情報，因此得知了智骨等人的存在與行動。心友會能夠迅速壯大，其中也有蜘蛛大公的功勞。

「話說回來，我本來想讓他們去破壞人界軍的那個幻象屏障，所以派人送了消息給他們，沒想到那是假情報。意外的是，他們竟然找到了眞正的幻象屏障中樞。最讓人無法理解的，是他們不但沒有破壞中樞，反而用它做出了奇怪的事。」

「原來如此。不過既然結果是好的，過程怎麼樣都無所謂。」

桑迪說道，蜘蛛大公點了點頭。

「沒錯。所以——你很可疑！」

「就是這樣！」霸龍大公立刻大聲附和。

「欸？不對，你們在說什麼啊？爲什麼會出現這種結論？這明明跟我沒關係啊？」

「如果遇到奇怪的事情。」蜘蛛大公說道。

「首先懷疑桑迪就對了。」霸龍大公接口。

「這是偏見！」

桑迪聞言不禁大怒，但兩位魔界大公依舊不爲所動。

「不是偏見。」

「是基於經驗法則。」

「你以爲你以前幹過多少蠢事？」

「所以大家才不敢讓你當魔王。」

「這次的事件有太多巧合了。」

「但是只要跟你扯上關係，那就絕對不是巧合。」

「不看過程只看結果，正是你的風格。」

「不管怎麼想，肯定與你有關。」

「快點坦白，這樣大家都比較輕鬆。」

「別逼我們使用武力。」

霸龍大公與蜘蛛大公你一言我一語地逼迫桑迪，他們默契極佳，剛才針鋒相對的樣子簡直就像假的一樣。

桑迪的視線在兩位魔界大公之間來回飄移，像是在確認他們是不是在開玩笑，又像是在確認其他的什麼。經過一小段無比壓抑的時間後，桑迪終於打破了沉默。

「眞沒辦法……算了，反正接下來的事很麻煩，有你們幫忙的話會輕鬆一點。」

以這句話爲開場白，黑暗主教開始訴說遙遠的過去。

💀💀💀

魔道軍團長桑迪，種族妖魔，眞實年齡不詳，傳聞超過一千三百歲，堪稱魔界聯邦史上最天才，也最亂來的魔族。

魔界聯邦內部存在兩種權力系統，分別是以統治民眾爲主的議會系統，以及負責祭祀四大魔神的神殿系統。這兩個系統平時互不干涉，沒有誰凌駕於誰之上的問題。

之所以會出現這種情況，是因爲神殿系統與議會系統所追求的東西不一樣，而且雙方實力相當，一方無法徹底壓制另一方，而且就算壓制成功，損失也遠大於利益。

也因爲兩者互不干涉，彼此無法成爲對方體系的管理階層，神殿系統不會讓貴族擔任執事，議會系統不會給聖職者封爵。

然而凡事總有例外，那個例外的名字，就叫桑迪。

憑藉著過人的才幹與手段，桑迪遊走於兩大系統之間，一邊擔任神殿主教，一邊統

領魔道軍團。然而這絕不代表他深受兩邊陣營信賴，相反地，兩邊陣營都將他視爲問題人物。因爲提防，所以才要給予高位，以便安撫和管理，免得惹出什麼大麻煩。因此桑迪除了黑暗主教這個別名以外，另有一個僅流傳於高位者之間的綽號——「禍亂的桑迪」。

只要有趣，什麼都幹得出來，又因爲實力極強、手腕高超，事後總能逃過懲處，這就是桑迪受人厭惡的原因。如果他的個性不是那麼糟糕，很可能早就坐上魔王之位了。

令人驚訝的是，桑迪這四百年來變得意外安分。

自從第一次兩界大戰結束後，桑迪便親自率軍鎭守「門」，在那之後，桑迪惹事的頻率便大幅下降，使得萬魔殿與神殿都鬆了一口氣，認爲桑迪總算領悟到自己的地位與責任，願意爲魔界聯邦的安危改過自新。然而那完全是誤解，桑迪只是找到了新的玩具而已。

那個玩具的名字，正是人界。

身爲稀世魔法師的桑迪，以特殊的方法穿過「門」，獨自在人界祕密行動。他之所以自願長年鎭守「門」，只不過是爲了方便穿梭兩個世界而已。當他待在人界，魔界這邊的事情自然顧不上，這正是他經常神祕失蹤與消極怠工的原因。

「給我等一下！」

桑迪陳述到這裡，霸龍大公突然出聲打斷了他。

「桑迪，你潛伏人界到底多久了？」

「其實也沒多久，才三百多年吧？而且每次只能去幾天，畢竟這邊還有工作要做。換算下來，待在那邊的時間大概只有一、兩年吧？」

魔界的曆法與人界不同，魔界一年有十八個月，每個月約四十天。

「多少天不是重點！我問你，人界當初進攻魔界，難道你事前就知情？」

「嗯，知道。我也有試著阻止，可惜最後還是攔不住。」

「爲什麼不告訴我們！」

霸龍大公聞言不禁大怒。當初桑迪若有通報此事，魔界聯邦就能提前做好準備，全殲來犯的人界軍。

對此，桑迪的答案也很簡單。

「因爲對我沒有好處。」

「你——！」

霸龍大公眼神一變，並且爆發出凌厲的氣息。就在這時，一股寒意突然降臨，壓制了霸龍大公。霸龍大公狠狠瞪向蜘蛛大公。

「你幹什麼？想包庇他嗎？」

「不，只是想通了一些事而已。」

不同於霸龍大公的憤怒，蜘蛛大公用冷靜的語氣說道：

「之前我就覺得奇怪，『門』那邊已經很久沒有戰事，鎮守部隊的反應速度與戰力理應弱化了才對，怎麼有辦法那麼快就打退人界軍？現在想想，肯定是他搞的鬼。」

「正是如此。我可是大功臣哦。」

桑迪得意地說道，霸龍大公聽了更怒。蜘蛛大公繼續說道：

「打下正義之怒要塞、縮小術道具的提案、人類補完計畫，一直到現在的人界軍反攻作戰，這些事情的背後都有你的影子……你究竟想幹什麼？」

蜘蛛大公懷疑桑迪其實正在進行某種重大計畫，以上那些事情，只是這個計畫的前置作業而已。

「這還用問？當然是爲了讓魔界聯邦變得更強。」

桑迪不假思索地回答，霸龍大公立刻開口駁斥。

「變強？是變弱才對吧！你以爲這場戰爭削弱了我們多少國力？如果不是你知情不報，我們的損失本來可以壓得更低！」

「那樣就沒有意義了。想要開拓新的未來，就必須付出相對應的代價。」

「……什麼意思？」

「霸穹喲，你應該也很清楚吧？魔界聯邦已經到極限了。」

霸龍大公不禁皺眉——雖然幼龍形態的他沒有眉毛。蜘蛛大公的八隻長腳則是微微抖動了一下。

「魔界聯邦是一個由眾多弱勢種族聯手搭建的共和政體，能在千年內到達現在這樣的規模，可見這個體制的優秀之處。只是，魔界聯邦不可能無限制擴張，它總有一天會陷入瓶頸。只要遇到實力與聯邦不相上下，甚至更勝一籌的勢力，那一天就會到來……是的，就像現在一樣。」

桑迪這番話並非危言聳聽。如今的魔界聯邦已經將能夠吸納的弱小勢力全部吸納了，剩下來的，全是實力不遜於魔界聯邦的龐然大物。

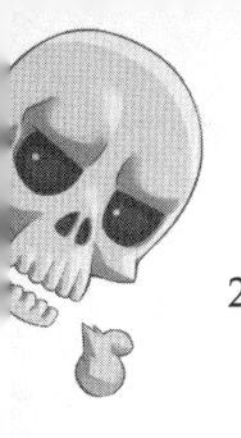

「笑話！我們龍族一點也不弱！」

霸龍大公立刻反駁，桑迪搖了搖頭。

「龍族當然不弱，但從種族成長性的角度來看，再也沒有比龍族更弱勢的種族了。不然你們為什麼要加入聯邦？」

霸龍大公沉默了，因為桑迪說的一點也沒錯。

龍族的個體實力與繁殖力呈反比，種族數量一直是龍族最大的弱點。一旦有大型勢力用堆屍戰術對付龍族，這個種族很快就會變成歷史的塵埃。龍族自己也清楚這一點，所以總是以孤高的形象示人，以免被捲入無謂的爭鬥。

會加入魔界聯邦的種族，大多都有明顯的弱點，像龍族這樣繁殖力低下的種族不在少數。

「……所以，你在打人界的主意？我們在四百年前已經試過，而且失敗了。為何你還要重複同樣的錯誤？」

蜘蛛大公說道。桑迪再次搖頭。

「不對，那是因為我們選錯了方法。我們要做的不應該是征服，而是合作。」

「合作……？」

「沒錯。人界的廣闊不會輸給魔界，住民與資源的數量更是遠勝魔界之上，光靠魔界聯邦的力量，絕對不可能征服人界。正確的做法，應該是與人界交流，進行知識、技術、資源、人力等方面的交換，如此一來，魔界聯邦就能更加強大！」

桑迪描繪了一個美麗的藍圖，然而霸龍大公與蜘蛛大公並沒有爲此激動，他們早就想過同樣的事，但問題在於這根本做不到。魔界與人界之間的敵對關係豈有那麼容易消除？

桑迪彷彿看穿了他們的想法，輕笑著說道：

「我知道你們在想什麼，但有些事要做了才知道，至少就我的觀察，這並非完全不可能。只是在那之前，『門』必須先打開，讓兩邊重新接觸，這樣才能有後續。」

「那你爲什麼不直接在萬魔殿提出議案，改由我們主動接觸人界？這樣就不用打那一仗了。」

「理由有兩個。」

對於蜘蛛大公的問題，桑迪伸出右手比出「二」的手勢。

「首先，是人界想要打這一仗的。我試著阻止過，可惜阻止不了，所以只能在戰爭

爆發的基礎上改良兩界合作的構想。再來，我魔界聯邦什麼都好，唯獨保密能力爛到極點。我今天提出了議案，那些外部勢力明天就會知情，到時他們會做出什麼事，誰也無法預料。」

這次換蜘蛛大公陷入沉默。

正如桑迪所言，魔界聯邦由於採用共議制，所以大部分的政策都會對外公開。那些抱有敵意的外部勢力一旦知道魔界聯邦打算與人界合作，肯定會想辦法破壞，甚至不惜開戰吧。

「讓人界主動進攻，聯邦的敵人就會認爲我們已經陷入戰爭的泥沼，轉而關注其他敵人。這樣一來，我們有了戰略上的緩衝，爭取時間與人界修補關係。」

桑迪繼續說道，這時霸龍大公指出了一個破綻。

「你就沒想過聯邦的敵人會趁機進攻，讓我們陷入兩線開戰的窘境嗎？」

「只要把握好兵力的部署比例就行了。一邊營造出我國與人界正陷入激戰的假象，一邊在國內維持足夠威懾敵人的兵力。敵人會保持觀望，等到我們力量衰弱到某個程度後才出兵，而他們察覺到不對時，我們已經與人界合作，實力遠勝以往了。」

「……真卑鄙，果然是你的風格。」

霸龍大公這句話聽起來像是辱罵，其實是在稱讚桑迪。雖然做法令人不爽，但理由與成果全都無懈可擊。

「等等！你們是不是忘記最重要的事了？人界爲什麼要跟我們合作？沒忘記他們被逼退了，對我們的敵意只會變得更深。」

「也對，你要怎麼解決這個問題？」

「不用擔心。有智骨在，這個問題不難解決。」

霸龍大公與蜘蛛大公訝異地看著地上的智骨。與人界合作的關鍵，竟然是這位小小的不死生物？

「別小看他，兩位。不知該說是運氣太好，還是眞的智謀過人，他的行動總能優化我的布局。原本我預計至少要花三個魔界年才能完成的事，因爲他的影響，說不定一個魔界年就能辦到了。」

兩位大公更加驚訝了。他們很清楚桑迪是什麼樣的魔族，他會說出這種話，代表智骨的行動確實給了他極大幫助。

「好了，你們想知道的事，我已經全部說出來了。既然你們已經明白眞相，接下來就該付出代價了。」

「……哼，魔王跟其他大公那邊，我會去打招呼的。」

「我會撤回正義之怒要塞的撤軍案。」

兩位魔界大公分別說道，顯然已經同意了對方的計畫。

桑迪私自算計魔界聯邦這件事確實令他們極爲不爽，但若是成功，魔界聯邦將能獲得無比巨大的利益。兩位魔界大公都是成熟的政客，自然懂得該如何取捨。

桑迪最令人憎惡的地方，就是即使你再討厭他，最後還是必須照著他的計畫走。

「很高興我們達成了共識，那麼——」

桑迪伸出右手食指，指尖亮起了一點白色光輝。下一秒，他的外形便變成了侏儒的模樣。

「——我也該去跟其他人解釋一下了。」

十三級魔法師麥倫笑著說道。

💀💀💀

無名的漆黑空間裡，九色星辰熠熠生輝。

「七，這是怎麼回事？」

綠星的冷漠聲音令整個空間出現了顫抖。

這片空間乃是意志的載體，理論上只要精神力夠強，確實能夠影響這片空間，然而能夠做到此事的人寥寥無幾。由此可知綠星的強大，以及現在的他有多麼憤怒。

那股憤怒針對的對象，正是真理庭園第七席，同時也是褐星的麥倫。

不只綠星，其他星辰也同樣散發敵意與怒氣。這一刻，褐星站在所有人的對立面。

「我沒什麼好辯解的。情況就像你們看到的記憶影像一樣，是我輸了。」

褐星冷靜地說道。

人界也有類似百魔之眼那樣可以保存影像的魔法道具，用來設置幻象祭壇的地下洞穴，以及地上的魔法陣地各裝了一個。

在那之後，真理庭園回收了影像，得知了事情的來龍去脈。

「眞不敢相信，你竟然會敗給區區一具骷髏。」

「那具骷髏連十級都不到吧？你身爲十三級，竟然會輸給他！」

「就算有太過大意的成分，這也太誇張了。」

「老實說，我眞要懷疑你是不是魔界軍的間諜了。」

褐星沉默地接受眾星的指責，心中暗道你們猜對了，我是魔界軍沒錯。

那份影像自然是做了手腳的。

身爲魔道軍團長，桑迪的魔法造詣事實上勝過在場所有人。他之所以待在一個排名靠後的序列，不擴大自己在眞理庭園中的地位與影響力，就是爲了這一刻。眾星絕對想不到，眼前的第七席有著可以竄改魔法影像、連他們都無法看出破綻的能力。

桑迪加入眞理庭園，是距今約三十年前的事。

當時桑迪如過去一樣四處探索人界，偶然遇見了七席麥倫，兩人發生爭鬥，結果麥倫被桑迪所殺。事後桑迪抽取了麥倫的記憶，得知對方身分後，便想出了冒名頂替的主意。

爲了不被拆穿，桑迪叛離命運之環，成爲眞理庭園中唯一沒有明面身分的人。接著他一邊吸收眞理庭園所擁有的魔法知識，一邊思考如何利用這個地下組織。

桑迪原本的計畫，是全力協助眞理庭園，將它培養成有如人界地下皇帝般的存在，然後找個適當的時機，讓眞理庭園成爲人魔兩界的交流橋梁。可惜計畫趕不上變化，他沒料到人界五國那些白痴貴族爲了掌握權力，竟然打算進攻魔界。

當初桑迪確實想過借用眞理庭園的力量阻止這件事，但在發現此戰無可避免後，他便改變主意，決定加速推進計畫。

讓人界軍進攻魔界聯邦，令魔界聯邦的敵人鬆懈戒心；事先對正義之怒要塞的魔導武器動手腳，令魔界軍奪得立足人界的橋頭堡；大力支持人類補完計畫，令魔界軍逐漸適應人界文化。

這一切——都是爲了將來的兩界交流做準備。

「不過，七的失敗也爲我們上了一課。不能小看魔族，哪怕你實力更強，依舊可能會大意喪命。」

「一開始以爲是劍士，結果其實是魔法師。明明是魔法師，卻用了下毒這種刺客手段，然後用拳頭取勝……該怎麼說呢，卑鄙？靈活？總之，我討厭這種對手。」

「看來以後對上魔族，必須做好全方面的防禦對策。魔法、物理與異常狀態的抗性

都不能少，反擊與脫逃的法術更不用提。」

「誰會沒事浪費那麼多魔力啊？還是準備可以儲存法術的魔法道具比較快。」

「開玩笑，那種魔法道具貴得要命。乾脆直接用護符算了。」

「不行，護符對抗不了太強的攻擊。暗算七的那種毒藥，耐毒護符恐怕擋不住。」

眾星的話題逐漸偏向智骨的戰鬥手法。

在桑迪提供的影像記錄裡，智骨的戰法變化多端，令人防不勝防。如果最後不是甜蜜拉拉突然出現，把智骨等人趕跑，麥倫必死無疑……雖然本人早就已經死了沒錯。

「各位，研究戰例是很好，但眼前還有更重要的問題必須處理。反攻失敗了，我等今後該怎麼辦才好？」

藍星的三席奧莉薇亞說話了，眾星盡皆沉默。

爲了這次的反攻作戰，眞理庭園付出了高昂的代價。眾星動用了他們明面上的身分，以確保計畫能順利通過，如今計畫失敗，他們自然要負起政治上的責任。

眞理庭園能夠成長到現在這種地步，與眾星的明面身分脫不了關係，一旦他們失勢，獲取資源的速度與數量必定大幅下跌。

「眞理之核的建議呢？」

「輸入條件不足，無法提供建議。」

「條件不足？缺了什麼條件？」

「甜蜜拉拉，還有魔界軍。」

眾星再次沉默，這兩個都是難以入手的東西。

「甜蜜拉拉到底是什麼人？她當時爲什麼會出現在那裡？」

「之前我稍微調查了一下，她似乎跟神聖黎明王室沒有關係。」

「我也查不到，她就像突然平空冒出來的一樣。」

甜蜜拉拉不僅年輕貌美，而且實力強大，這樣的少女不可能默默無聞，然而眾星就是查不出甜蜜拉拉的來歷。

「……其實我有一點線索。」

桑迪突然開口，引起了眾星的注意。

「各位還記得當初破壞我們火種計畫的那四個修行者嗎？甜蜜拉拉與他們似乎有著同一個老師。」

「老師？誰？」

「不知道各位是否有人知道艾．沃勒這個名字？」

大部分星辰都沒反應，唯有藍星與灰星驚呼出聲。接著在眾星的催促下，他們說出了關於艾．沃勒的傳奇。

艾．沃勒是一位天才魔法師，此人來歷神祕，師承不明，曾在神聖黎明出現掀起不少騷動，後來又突然下落不明。

「艾．沃勒最常幹的事，就是私下挑戰那些有名的魔法師，而且從沒輸過。當時他只有四十來歲，卻已擁有十二級的實力。國立魔法學院跟王室想招攬他，但都沒有成功。」

「突然出現，又突然消失，來歷不明的強大……原來如此，有什麼樣的老師，就有什麼樣的弟子。如果甜蜜拉拉與艾．沃勒有關，那就說得通了。」

藍星與灰星簡單地提了一些關於艾．沃勒這名神祕魔法師的事蹟，眾星越聽越是訝異。在藍星與灰星的描述下，艾．沃勒簡直強到沒天理，註定要成爲十五級魔法師的超級天才。

桑迪在一旁聽得非常滿意，因爲那個人就是他。

艾．沃勒正是三十年前，桑迪潛入人界時所用的假名。後來遇見麥倫，奪取了對方的身分後，桑迪便不再使用艾．沃勒這個名字，直到今天才搬出來用。

「七，你跟艾．沃勒認識？」綠星問道。

「認識，但不熟。」桑迪答道。

「有辦法把他拉過來嗎？真理庭園需要這種人才。」

「我早就試過了，但不行。那個男人性格古怪，不管是金錢、名聲或知識，都難以打動。」

「是嗎，真是遺憾。不過世事並非永恆不變，或許只是還沒找到契機而已。那麼關於甜蜜拉拉的事，可以拜託你嗎？」

「當然，我也想要一個將功補過的機會……另外，關於這次的後續處理，我有一個點子，或許可以讓各位的明面身分逃過責難。」

此話一出，眾星立刻精神一振，精神體所發出的光輝變得格外明亮。

可惜此地不允許實體存在，不然眾星應該可以看見桑迪背後映出了長著尖角與尾巴、屬於惡魔的影子。

Epilogue

魔神曆7701年／神聖曆2001年，復仇之劍要塞，瘋馬酒館。

明明還沒到中午，偌大的酒館就已完全客滿，侍者們端著酒杯與料理穿梭於桌子之間，客人們談笑暢飲，吟遊詩人在舞台上賣力表演，空氣中充滿了喧鬧與活力。

兩名精靈走進瘋馬酒館，侍者面帶歉意地攔住了他們，表示店裡已經坐不下了。其中一名女精靈表示他們約了人，於是順利進入。

「雪音，這裡這裡！」

兩名精靈進入酒館後，某張桌子的客人立刻站起來揮手，並且呼喊女精靈的名字。女精靈立刻快步走去，然後與對方擁抱，雖然對方是一名女侏儒，但因站在椅子上，身高差距不是問題。

這名女侏儒名叫愛加，同桌的還有兩名人類與一名獸人，皆是女性。與雪音同行的是一名男精靈，眼見自己變成現場唯一的異類，他那端正的容姿顯露出幾分不自在。

「雪音，好久沒看到妳了，去哪裡玩了？」

「才沒有玩咧，被叫回老家訓了一頓，好不容易被放出來。」

「被關了整整一年？妳是哪裡的大小姐呀？妳爸媽難道是貴族？」

「哎，只是有一點小錢的小地主而已，他們老是把禮儀啦教養啦什麼掛在嘴上，說這樣做才能嫁得好。煩死人了。」

雪音笑著說道，一旁的男精靈臉色顯得有些怪異。

「我懂，我老媽也是這樣子，一直嫌我嫁不出去，所以我才會離家出走當傭兵。」

「我是被趕出家門的，因爲把相親對象揍個半死。」

「哇啊！好棒！我當初也只是賞了未婚夫一巴掌，因爲他在外面偷吃。現在想想，應該拿刀切了他才對。」

女性們開始炫耀自己當初的豐功偉業，一旁的男精靈臉色變得更怪異了。

這兩名精靈，正是克拉蒂．星葉與莫拉．霧風。至於同桌的四名女性，則是傭兵團「煌雷疾風」的成員。

雖說克拉蒂不同於一般精靈，喜歡與外人交際，但人們終究還是習慣與擁有較多共

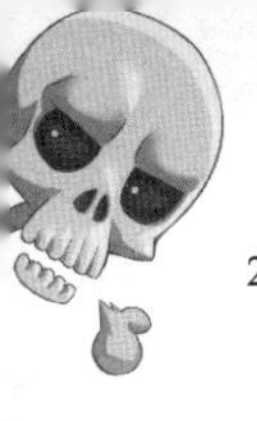

通點的對象來往。「煌雷疾風」的女成員們實力不俗，性格又開朗，所以克拉蒂很喜歡她們，雙方的交情自然慢慢加深。

在調侃了彼此的感情生活後，眾人開始聊起關於事業的話題。女傭兵們抱怨最近工作變少，考慮要不要轉行。

「欸？之前工作不是很多嗎？」

「那是在妳離開之前啦！這一年來我們的工作一直在減少，以前是天天有人想雇用我們，現在大概一個月才有一件。」

「以前覺得魔族很可怕，所以商人去大集市都要請我們保護，現在知道那裡很安全，他們就想把這筆錢省下來了。」

「說起來我們的團長也有問題，既然不危險，幹嘛堅持不降價？其他傭兵團都降價了，就你不降，人家當然不請你啊！還說什麼維護品牌價值的屁話！你都快解散了，還有什麼狗屎價值可以維護？」

女傭兵們越說越氣，一副恨不得現在就去痛毆她們團長的樣子。克拉蒂急忙緩和氣氛。

「哎呀，這也沒辦法。所謂和平，就是軍人跟傭兵沒事可做的日子。可是換個角度來看，妳們也不用一直冒著生命危險賺錢了。聽說現在大集市的景氣超好？」

「對呀，所以我們才想說要不要乾脆改行。」

「可是我只會打仗。要是放下劍，能做什麼？」

「我們是還有一點積蓄啦，可是我們也不懂怎麼做生意。」

「所以我說去當偶像啦！就像甜蜜拉拉一樣！」

「天眞！妳以爲有多少人想成爲第二個甜蜜拉拉？現在偶像才是競爭最激烈的行業！」

「拂天鳥、眩亂朧月、蒼星、彩虹、聖音、蝶舞姬、冰霜公主……想奪下大集市的偶像太多了，而且每個月都有新人出現，我們根本沒希望啦。」

女傭兵口中那一連串名字，全是人界的知名偶像。他們的根據地分別散落在人界的大城市之中，然而現在全都來到了大集市，爲的就是讓自己的名氣聲望更進一步。

之所以會出現這種現象，完全是因爲大集市這個前所未有的嶄新事物。

大集市──座落於正義之怒要塞與復仇之劍要塞之間，由人界與魔界共同管理的超巨型市集。

市集規模一開始僅有百人，由人魔兩界的小型團隊在此進行協商、貿易與交流。由於

彼此缺乏互信基礎，所以一開始大多是「數名外交人員＋大量護衛」的形式。如今這個市集的參與人數已超過十萬人，其中不乏人魔兩界的王公貴族，因此被稱爲「大集市」。

大集市的功能性建築物也在規模擴大的過程中越來越齊全，現在連圖書館這樣的公共設施都出現了，有人甚至乾脆在此定居，根據正式統計，這裡的常駐人口超過五萬，就算用城市來稱呼它也不爲過，只是因爲政治因素，名義上這裡仍然是「市集」。

大集市是人魔兩界的關注焦點，因此那些渴望知名度能更進一步的偶像們，自然會擁入此地，挑戰甜蜜拉拉的王者地位。

「說眞的，那麼多一流偶像來了這裡，妳們覺得誰有機會挑戰甜蜜拉拉？」

「不可能不可能，兩邊的等級不同。」

「可是我覺得有不少偶像比甜蜜拉拉唱得更好啊。」

「偶像又不是光唱得好就行了，也不是光長得好看就行了。重點是魅力！魅力妳懂嗎？能讓人捨不得移開視線，那才是偶像需要具備的東西。甜蜜拉拉就有這樣的魅力，那可是連魔族巨龍都會看到忘我喔！」

「妳是說那個吧？暴雨中的……」

「對，就是甜蜜拉拉封神的那一戰！人界大軍面對絕境，甜蜜拉拉以歌聲引開敵人注意力，讓人界軍順利撤退！而且還沒死任何一個人！除了甜蜜拉拉，誰有這樣的魅力？」

「啊，又開始了……」

「因爲她是甜蜜拉拉的狂熱粉絲嘛。之所以想當偶像，也是爲了接近甜蜜拉拉。」

「哎呀，說起來我們也算被甜蜜拉拉救了，所以不管發生什麼事，我都會支持她。」

「我也是。我們幹傭兵的，一向恩怨分明。」

兩年前，人界軍發動了正義之怒要塞的反攻作戰，結果卻是大失敗。

人界軍事前擬定的作戰計畫並沒有出現失誤，局勢的發展起初就跟預測完全一樣，唯一的誤算，就是魔界軍的援軍強得離譜。

人界軍不是沒想到魔界軍會強化正義之怒要塞的軍備，因此派出了甚至一度被批評「戰力是不是有點過剩了？」的豪華陣容，他們無論如何也沒想到，魔界軍竟然暗中從魔界調來了恐怖的援軍——巨龍與巨蜘蛛。

就在人界軍即將慘遭蹂躪時，一名少女挺身而出，以前所未有的方法解救了人界軍。

那名少女正是甜蜜拉拉，而她的解救方法就是唱歌。

甜蜜拉拉以巨大幻象進行的歌舞表演，令巨龍與巨蜘蛛沉迷其中，人界軍趁機撤退。如果不是甜蜜拉拉，人界軍恐怕會全滅，復仇之劍要塞也很可能被魔界軍趁勢奪走。

在那之後，魔界軍突然與人界軍接觸，後來還訂定了互不侵犯條件，建立大集市以供雙方交流。這一連串演變，據說甜蜜拉拉在背後出力甚大。

甜蜜拉拉是人界的瑰寶，這點無可質疑。

與過去的傭兵朋友告別後，克拉蒂與莫拉回到了復仇之劍要塞司令部。

兩年過去，這座建築物的外觀沒有任何改變，唯一變的只有裡面的主人。除了精靈與矮人，其他三國的軍事委員全都換人了。

「到這裡就行了，我不知道會跟姊姊聊多久，你先自由行動吧。」

「是，二小姐。」

「說過很多次了，叫我克拉蒂就好了啦。」

「知道了，二小姐。」

就這樣，莫拉留在外頭，唯有克拉蒂進入司令部。在守衛的帶領下，克拉蒂來到了克莉絲蒂的辦公室。一打開門，便看見久違的姊姊已經坐在沙發上等她，桌上也備好了紅茶與點心。

「姊姊！」

克拉蒂立刻撲進克莉絲蒂懷裡。

「嗚嗚嗚！我好想妳！家裡根本不是精靈待的地方！我以後要跟著姊姊，哪裡都不去了，嗚嗚嗚嗚！」

面對克拉蒂的哭訴，克莉絲蒂無奈地苦笑。

「妳只是不想學習吧？」

「想啊！可是總要有個限度吧？除了吃飯洗澡睡覺，其他時間都要學習，這也未免太過分了！」

「誰教妳當初在這裡的時候一直偷懶，現在只是把當初欠下來的部分補回去而已。」

當初星葉家將克拉蒂送到最前線，是希望讓她親身感受戰場的氛圍，並學到一些書本上學不到的東西，沒想到克拉蒂卻跑去當傭兵。星葉家眼見這樣下去不行，於是將克拉蒂召了回去，進行一番嚴格教育。

克拉蒂並非愚鈍之輩，她天資聰穎，只是喜歡把精力用在奇怪的地方而已。她能夠逃離家裡爲她安排的學習地獄，重新回到復仇之劍要塞，正是因爲通過了驗收考試。

安撫了哭泣的妹妹後，兩人開始坐在沙發上聊起這兩年的經歷。

精靈是長壽的種族，兩年的時光對他們來說並不算長，然而世事的變遷速度不會因爲主觀時間而減緩，短短兩年，這個世界就已經出現了極大的變化。

最大的變化，自然是人魔兩界的互相交流。

「誰能想像得到呢？當初生死相搏的兩個世界，竟然眞的握手言和了。」

克拉蒂一臉難以接受的表情，克莉絲蒂聞言搖了搖頭。

「原因不外乎三個：魔界軍的實力深不見底、魔界軍露出了戰鬥之外的破綻，以及和談帶來的巨大利益。」

兩年前的反攻作戰，魔界軍一方出現了巨龍與巨蜘蛛，人界軍後來估算了下，發現至少要派出五名以上十五級魔法師才能擊敗牠們，而且極可能兩敗俱傷。

十五級是現今最高的魔法等級，能達到這個水準的魔法師屈指可數。十五級魔法師是國家的支柱，一旦失去，影響之大難以衡量。反觀魔界軍又有多少巨龍與巨蜘蛛等級的戰力呢？一個？兩個？還是很多？

然而，這並不代表魔界軍已經無敵了。

反攻作戰失敗後，魔界軍突然派遣使者前往復仇之劍要塞，使者在質問人界軍究竟想幹什麼時，不經意地流露出對甜蜜拉拉的表演的渴望。人界的狡猾政客們敏銳地察覺到事有蹊蹺，經過一番調查，他們確認了魔界軍似乎對人間的娛樂文化很有興趣。

一些腦筋動得快的人，立刻想到了文化侵略這一絕招。透過輸出娛樂文化的方式，緩和魔界軍的敵意，一邊拖延對方的侵略步伐，一邊刺探其弱點。這個陰險的計畫很快獲得了通過。

兩界交流過程中，商業貿易自然不可缺少，參與的貴族與商人們賺到了令人驚訝的鉅額財富，於是越來越多人想要加入商貿往來行列，戰爭的意願自然跟著降低。

誠然，人界中不乏有人大聲疾呼：「魔界不可信」，過去流下的血與仇恨也沒那麼快就被遺忘，但那些反對的聲音統統遭到鎮壓。

「可是也帶來了不少問題呀。像我出發前，父親要我問妳，能不能想辦法禁止進口魔固力？」

聽到克拉蒂的詢問，克莉絲蒂立刻皺起眉頭。

「太難了。其他東西還有可能，魔固力絕對禁止不了。」

魔固力是魔界的一種特產品，它是由多種魔界草藥提煉而成的粉末，兼具興奮劑與營養劑的效果。只要使用少量魔固力，就能大幅提升思考能力與運動能力，而且沒有任何副作用，因此極受歡迎。它唯一的缺點，就是具有成癮性。

不只王公貴族，就連軍方與魔法師也是魔固力的愛用者。想要禁止，難度不亞於推翻一個國家。

「父親說，魔固力的影響力太強了。因爲魔固力的關係，很多人都不想再跟魔界開戰，長久下去不是好事。世界樹那邊，使用魔固力的精靈也越來越多。」

「我也知道，但問題是沒辦法禁絕。魔固力背後牽扯了太多貴族，而且侏儒跟獸人完全站在贊成派那邊……如果魔固力使用者鬧出一些重大惡性案件的話，還有禁止的藉口，偏偏那些人只是一直參加偶像活動。」

克莉絲蒂憂鬱地嘆了口氣。

嚴格說來，魔固力使用者對社會並沒有帶來什麼負面影響。這些人不知爲何非常熱衷於追捧偶像，由於他們大多有錢又有勢，許多偶像爲了爭取他們的支持，也跟著使用魔固力，然後這些偶像們的粉絲受其影響，也跟著使用魔固力。

「嗑藥、反戰、玩音樂，偏偏又奉公守法……魔固力使用者眞是一群奇怪的傢伙。」克拉蒂說道。

一般說來，習慣服食藥物的人通常精神都不怎麼穩定，容易做出衝動的事，然而魔固力使用者卻沒有這樣的問題，因此很多人認爲魔固力是一種與菸草差不多的東西。

「如果是之前的軍事委員會，或許還有一點減緩魔固力風潮的機會，現在這個委員會是絕對不可能的。」克莉絲蒂說道。

軍事委員會在去年進行了大換血，除了克莉絲蒂與波魯多，其餘三人全部返國了。阿提莫是爲了爭取戴上王冠的機會；烈風因爲前線暫無戰事而被召回；巴沙則是所屬派系在權力鬥爭中落入下風。至於三人的後繼者，能力平庸到令人嘆氣，任誰都看得出來，他們是爲了爭奪與魔界的貿易利益才被派過來的，心中一點危險意識也沒有。

哪怕克莉絲蒂與波魯多有心防範魔固力，但在三對二的情況下，他們不管提出什麼建議都會被封殺。

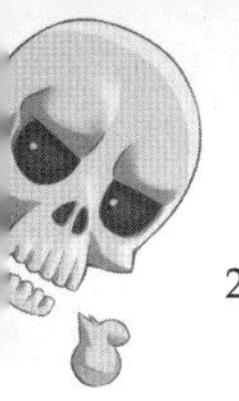

「姊姊，如果官方無法行動，要不要試著從民間下手？比如暗中支持地下組織，讓他們破壞魔固力的交易之類的。」

克拉蒂提出了建議，克莉絲蒂聞言挑了挑眉毛。

「……不錯嘛，看來妳這次回去，確實學了一點東西。」

「嘿嘿嘿嘿。」

「但很可惜，不行。心友會的勢力太大了，沒有任何地下組織是他們的對手。」

心友會是一個奇妙的民間組織，不知何時突然在復仇之劍要塞出現，並且在極短時間內吸納了大量成員，其中頗多上層階級的人士，具有強大的影響力。

原本心友會一直隱於暗處，後來甜蜜拉拉崛起後，心友會浮上檯面，聲明絕對支持甜蜜拉拉，並自稱是甜蜜拉拉唯一指定的粉絲俱樂部，因此急速壯大，如今全世界都有他們的分會，據說成員超過百萬。

值得一提的是，心友會成員有七成以上是魔固力使用者。

「就連阿提莫也加入了心友會，要是讓他當上國王，眞不知道神聖黎明會變成什麼樣子。」

「聽說他現在佔了上風哦，姊姊。其他王位候選人被他壓得喘不過氣來呢，而且老把『這是愛的力量！』這句話掛在嘴邊。」

甜蜜拉拉登上救世偶像的位子後，最興奮的人莫過於阿提莫了。為了實現當初「成為國王迎娶甜蜜拉拉」的誓言，阿提莫幹勁滿滿地回國，一頭栽入爭權奪利的漩渦當中。

「……算了，喝茶吧。」

「……也好，姊姊。」

荒謬的事情實在太多了，星葉家姊妹決定先不管那些，好好享受時隔兩年之久，僅屬於她們兩人的午茶時光。

💀💀💀

走在復仇之劍要塞的街道上，環境變化的劇烈程度令莫拉驚嘆不已。

明明才離開一年而已，過去熟悉的風景卻已有半數以上消失了，結果害得莫拉不得不逢人問路，好不容易才找到他想去的地方。

那是一棟漂亮的豪華宅邸，給人的第一眼印象是上流階層才能擁有的高級不動產，然而仔細一看，會發現門口掛著一個牌子，上面寫著「心友會總部」。

大門口的獸人警衛神色冷淡，但當莫拉拿出證件後，對方臉上洋溢著熱情的笑容，打開大門請他進去。

「謝謝，我們是朋友。」

當莫拉一邊比出手勢，一邊如此回答後，獸人警衛笑得更燦爛了。

宅邸花園正在舉辦宴會，是自助餐形式。花園裡的客人將近三位數，每個種族都有，人人都穿著正裝。從儀態、談吐與氣質，能看出這些人擁有相當程度的社會地位。

莫拉把一枝白玫瑰與一條白手帕塞進胸前口袋，然後在花園裡閒逛，很快地，一名胸前口袋塞著紅玫瑰與紅手帕的矮人跑來找他搭話。

「在您心中閃耀的星星有幾顆呢？」矮人問道。

「三十三。」莫拉答道。

「失禮了，很榮幸見到您。我是閃耀著四十七顆星星的眞理追尋者。」

「四十七嗎？不錯，看來你對眞理的追求相當熱忱。」

「您過獎了。」

「這裡還有多少人追求眞理？」

「包括我們，一共有六人。」

六人嗎？還眞不少，莫拉心想。

眞理庭園人數不多，而且成員散布世界各地，在這個小小的花園裡就出現了六人，可見組織對這次的行動極爲重視。

「大人——」

就在矮人還想說什麼時，莫拉阻止了他。

「用心友會的方式說話。想打入高層，就必須盡快習慣心友會的一切，任何細節都不能馬虎。」

「是我疏忽了，感謝你的提醒，我的朋友。」

矮人立刻改口，然後問道：

「我的朋友，請問你在心友會等級有多高？」

心友等級是心友會近期推出的制度，等級越高享有越多特權。最低是一，最高是九。

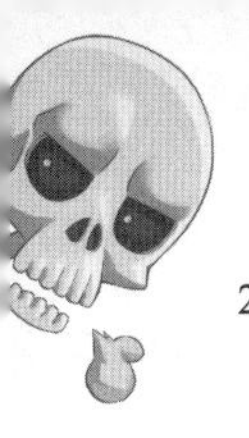

「七心。」

「哦哦！好高！我才一心而已！不愧是三十三席！」

莫拉面露微笑接受對方的讚美，心中其實有點想哭。

如果是按照實力或貢獻晉升，莫拉肯定會非常自豪，但他之所以能升上三十三席，完全是因爲他的心友等級位居眞理庭園之冠，沒人比得上他。只因自己的心友等級夠高，序列就一口氣從五十三飆升到三十三，眞理之核究竟是怎麼評分的？莫拉對此大惑不解。

不，不只是眞理庭園的序列，莫拉就連自己的心友等級爲什麼會這麼高都不知道。心友會的心友等級很難提升，就算鉅額捐款也只能提升一級，而且以後就算捐得再多也無法提升第二次。哪怕是王公貴族，也只能從一心級慢慢往上爬，沒有任何例外。

莫拉自認沒對心友會做出什麼貢獻，他既沒捐錢，也沒勞動，就只是定期參加聚會而已，心友等級卻莫名其妙地不斷攀升。

自從人魔兩界休戰，心友會以恐怖的速度不斷壯大，影響力也日益趨增。眞理庭園這次交給莫拉的任務就是帶人打入心友會高層，一旦成功，眞理庭園的勢力必定會出現飛躍性的提升。

「我的朋友，接下來我們要做什麼？」

矮人問道，於是莫拉露出沉思的表情。

要做什麼？老實說他也不知道。

既然什麼都不知道，那就只能先照著慣例去做了。

「……好，把其他人都叫過來，我們先來一場吧。」

「是要比試嗎？武術還是魔法？」

「不，是搶內褲。」

「欸？」

莫拉與其他人的搶內褲遊戲很快引來眾人圍觀。原本矮人以爲會引來輕蔑的目光或斥責，沒想到眾人竟然一臉欣賞地鼓掌喝彩。

「是在爲儀式暖身嗎？眞有幹勁啊！」

「糟糕，我也有點想上了，可是要爲儀式保留體力……」

「我認得那位精靈朋友，記得他是七心吧？每次的儀式他都進行得非常投入，很能

帶動現場氣氛。」

「竟然是七心的朋友嗎？怪不得！如此嫻熟的手法！看他的手指，多麼地靈巧！」

「其他人的動作就差很多……新手嗎？原來如此，是教育指導啊，眞是熱心，不愧是七心。」

有些人看著看著，忍不住也跳下去參與，於是遊戲的規模越來越大，轉眼間就變成了三十幾人的大亂戰，令花園變得熱鬧無比。

就在所有賓客都跑去圍觀莫拉等人時，卻有兩人站在樹下冷眼旁觀。

「……三十三幹得不錯，看來可以放心把這個任務交給他。」

「確實，似乎沒有我們出手的必要……雖然就算要我幫忙，我也不知道該怎麼幫就是了。」

從兩人的交談，可以判斷他們同樣是眞理庭園的人，而且序列還在莫拉之上。

這兩人正是巴羅與索爾，眞理庭園的第四與第五席。由於使用了隱身法術，所以沒人看得見他們。

兩人之所以會出現在這裡，一方面是基於對這次任務的重視，想爲莫拉護航；另一方面是想親眼見識一下心友會總部，了解這個新興組織有何特殊之處。遺憾的是，這兩個目的都沒達成。莫拉幹得很好，而他們根本看不懂心友會到底是怎麼變成像今天這樣足以左右人界局勢的巨大組織。

「是我們跟不上時代了嗎……」

「似乎只要一跟魔界扯上關係，所謂的邏輯與常識就會直接死掉呢。」

兩人忍不住嘆了一口氣。從兩年前開始，世界便開始劇烈變化，令他們有種被時代遠遠拋在後頭的感覺。事實上不只他們，眞理庭園前九席多少都有類似的感嘆——唯獨某個侏儒例外。

「……這樣下去眞的沒問題嗎？總覺得一切都脫離了掌握。」

巴羅的語氣有些憂鬱。眞理庭園擅長利用檯面上與檯面下的身分暗中引導局勢，藉此獲得他們想要的結果。然而最近世界局勢變化太快，令他們有種無處使力的感覺。

「這也是沒辦法的事。能保住現在的地位，我們就該滿足了。如果不是麥倫，我們的處境會更糟糕。」

或許是因爲年輕的關係，索爾比巴羅更看得開。

兩年前，正義之怒要塞反攻作戰遭到挫敗，暗中大力推動此事的眞理庭園也跟著被連累。眼看高序列成員即將遭到政治清算，七席麥倫提出了一個計畫——以假換眞。

同樣一件事，從不同角度觀察會得到不同結論。麥倫的計畫便是根基於這個原理，將反攻結果用另一種方式進行詮釋。

這次的作戰並非「失敗」，而是「中止」。

反攻部隊的高層在進攻前夕，及時刺探到魔界軍暗中強化了正義之怒要塞的軍備，一旦開打，我方戰敗的風險極高，然而當時大軍已經開拔至前線，就算下令收手也來不及了。爲了阻止部隊進攻，同時不讓魔界軍趁機發動反攻，只能使用奇策——也就是甜蜜拉拉的現場表演。

甜蜜拉拉的老師，隱居的天才魔法師艾．沃勒，察覺了正義之怒要塞的軍備變化，連忙通知了幾位賢明友人，希望他們中止反攻。事態緊張，這幾位賢明友人願意聯名扛下責任，並且想出了一個荒謬但可行的點子，也就是要求剛好就在戰場附近的甜蜜拉拉前往幻象魔法陣，利用歌舞表演同時震懾敵我。

雖然細節部分有許多難以解釋的地方，但從結果來說，人界軍逃過了大敗的命運，所以也就沒有多少人願意追究。至於那幾位賢明友人正巧就是眞理庭園高層這件事，自然無須多提。

爲了不讓眞相曝光，眞理庭園全力支持甜蜜拉拉的上位，敢質疑或威脅她的存在，不論是誰一律排除。

隨著甜蜜拉拉影響力的增加，他們的回報也越來越豐厚。如今眞理庭園所支配的金錢與資源是過去的數倍，如果不是堅持菁英與隱密路線，他們或許眞有機會成爲人界最大的魔法師組織。

「……算了，走吧。」巴羅說道。

「不再多看一下嗎？」索爾問道。

「既然三十三這裡沒問題，再看下去也是浪費時間。本來這趟就只是順便而已，我們還有更重要的事要做。」

「啊啊，也對。那邊也快開始了。」

於是巴羅與索爾離開了宅邸，走出復仇之劍要塞，使用飛行魔法前往大集市。

大集市座落於復仇之劍要塞與正義之怒要塞的正中間，原本佔地僅有數百公尺，後來歷經多次擴建，如今面積超過五十平方公里。

在大集市，最顯眼的建築物有兩座，分別是交易所與閃光表演館。前者專門用來處理人魔兩界的貿易事務，後者則是大型活動的專用場所。

今天的閃光表演館座無虛席，一萬人的座位被徹底填滿。看台上可以看到人族與魔族混雜在一起，高聲談論著他們有多期待接下來的表演。以魔法製造出來的冷風壓住了眾人的熱氣，卻壓不住眾人的熱情。

閃光表演館後台，第一休息室。

「還是那麼優秀，我寫的旋律與歌詞。」克勞德說道。

「果然沒有破綻，我親手畫的妝容。」金風說道。

「依然完美無缺，我設計的舞步啡。」菲利說道。

副官三人組看著站在巨大鏡牆前的美少女，一臉感歎地讚美自己的勞動成果。不同於意氣風發的他們，甜蜜拉拉露出了死魚般的眼神。

事情爲什麼會變成這個樣子呢？

每次看到變身成甜蜜拉拉後的自己，智骨總是在心中如此問道。

智骨自認是一位有良知、有理性、有教養的魔族，每次接到工作，總是謹慎誠懇地將其完成。不欺壓部下，不霸凌同儕，不矇騙上級，完全盡到一位魔界軍官該有的責任與態度。自己從沒想過要出人頭地，只希望能像個齒輪一樣沉默地運轉，度過平穩的一生。

其結果——就是如今站在鏡牆前面的自己。

這世上沒有神……不，神是存在的，只是充滿了惡意。現在改變信仰應該還來得及吧？魔界的神已經證實不可靠了，或許該試著向人界的神獻上祈禱。

據說甜蜜拉拉拯救了人界，甚至有不少人暗中稱之爲聖女，但自己明明是魔族啊！爲什麼就成爲人界的聖女了？要叫也應該叫英雄吧？不對，重點好像不是這個……

就在智骨胡思亂想之際，休息室的門突然打開了。

「準備出場啦！」

連門都不敲就直接闖進來的人，正是黑穹。

「是！」

智骨立刻反射性挺直背脊，露出練習了上萬次的甜美笑容，充分表現出身爲一位專

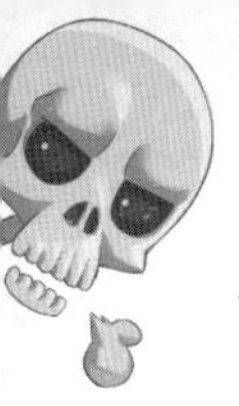

業表演者該有的職業意識。這一刻，魔界軍官智骨從這世上消失了，剩下的只有名爲甜蜜拉拉的絕世歌姬。

走出休息室的路上，三名副官排成一列，並且伸出了右手。

「去吧，將榮耀掌握在手上。」克勞德說道。

「去吧，讓世界爲妳而感動。」金風說道。

「去吧，妳就是唯一的傳說啡。」菲利說道。

每走過一人身旁，甜蜜拉拉就與他們擊掌一次。

最後，則是站在門外的黑穹。

「好好大鬧一場吧！」

「遵命！」

兩人擊掌。

揹負著自己完全不期待的榮光與夢想，甜蜜拉拉大步走向舞台。

《明明是魔族的我，爲什麼變成了拯救人界的英雄？》全文完

後記

在撰寫最後一集的過程中，充分體會到了什麼叫人算不如天算。

原本預計能在十一月底就完成的稿子，因爲中途不斷遭遇突發事故，進度嚴重落後，最後到隔年一月底才完成，請容我在此向編輯與各位讀者致上最深的歉意。

無論如何，《魔族》系列總算是完結了，如果有人在閱讀本作的過程中獲得愉快的心情，對我來說就是最大的鼓勵。

不知不覺間，我的寫作生涯也超過二十年了。雖然收入比不上那些熱門作家，但能夠寫這麼久，也是一件難得的事。這二十年來，看見許多同行與友人一一離開這個行業，不免感到有些失落。相較之下，還能夠繼續寫小說的我，應該算是幸運的人吧？

那麼，中年男人的感性時間到此結束，接著來談談以後的事吧。

如果還有機會寫下一部作品，我想寫青春一點的題材，像是在雨中一起撐傘啦、在沙灘上追逐啦、在夕陽下用拳頭互毆啦、在眾人面前揭發密室殺人案件啦、在月光下變

身成魔法少女啦……之類的。

咦？後面混了奇怪的東西？

哈哈哈，沒這回事，所謂青春才不是那麼狹隘的東西。只要有百分之一的夢想與百分之九十九的必殺技，再黯淡的歲月也可以變得青春。

感謝繪者@ichigo，因爲你的封面與四格漫畫，令本書變得更加精彩。

感謝編輯部的各位大人，拖稿給你們帶來不少麻煩，眞是抱歉。

感謝所有讀者，因爲你們的支持，本書才得以順利問世。

我們下次見。

天罪

國家圖書館出版品預行編目資料

明明是魔族的我，爲什麼變成了拯救人界的英雄？
/天罪 著.——初版. ——台北市：魔豆文化出
版：蓋亞文化發行，2024.05
冊； 公分.（Fresh；FS223）
ISBN 978-626-98319-0-6（第五冊：平裝）

863.57 113004249

明明是魔族的我，為什麼變成了拯救人界的英雄？vol.5 完

作　　者　天罪
插　　畫　@ichigo
封面設計　木木lin
責任編輯　林珮緹
總 編 輯　黃致雲
發 行 人　陳常智
出 版 社　魔豆文化有限公司
發　　行　蓋亞文化有限公司
地址：台北市103承德路二段75巷35號1樓
電話：02-2558-5438　傳眞：02-2558-5439
電子信箱：gaea@gaeabooks.com.tw
投稿信箱：editor@gaeabooks.com.tw
郵撥帳號 19769541　戶名：蓋亞文化有限公司
法律顧問　宇達經貿法律事務所
總 經 銷　聯合發行股份有限公司
地址：新北市新店區寶橋路二三五巷六弄六號二樓
電話：02-2917-8022　傳眞：02-2915-6275
港澳地區　一代匯集
地址：九龍旺角塘尾道64號龍駒企業大廈10樓B&D室
電話：+852-2783-8102　傳眞：+852-2396-0050
初版一刷　2024年 05月
定　　價　新台幣 280 元
Published and printed in Taiwan

ISBN 978-626-98319-0-6

魔豆

魔豆